世上似乎没有任何
我所眷恋之地
也没有
我愿思念之地

目录

- 壹 天地棋局 001
- 贰 蒲州鬼棺 033
- 叁 孟婆汤引 063
- 肆 沈七谨启 103

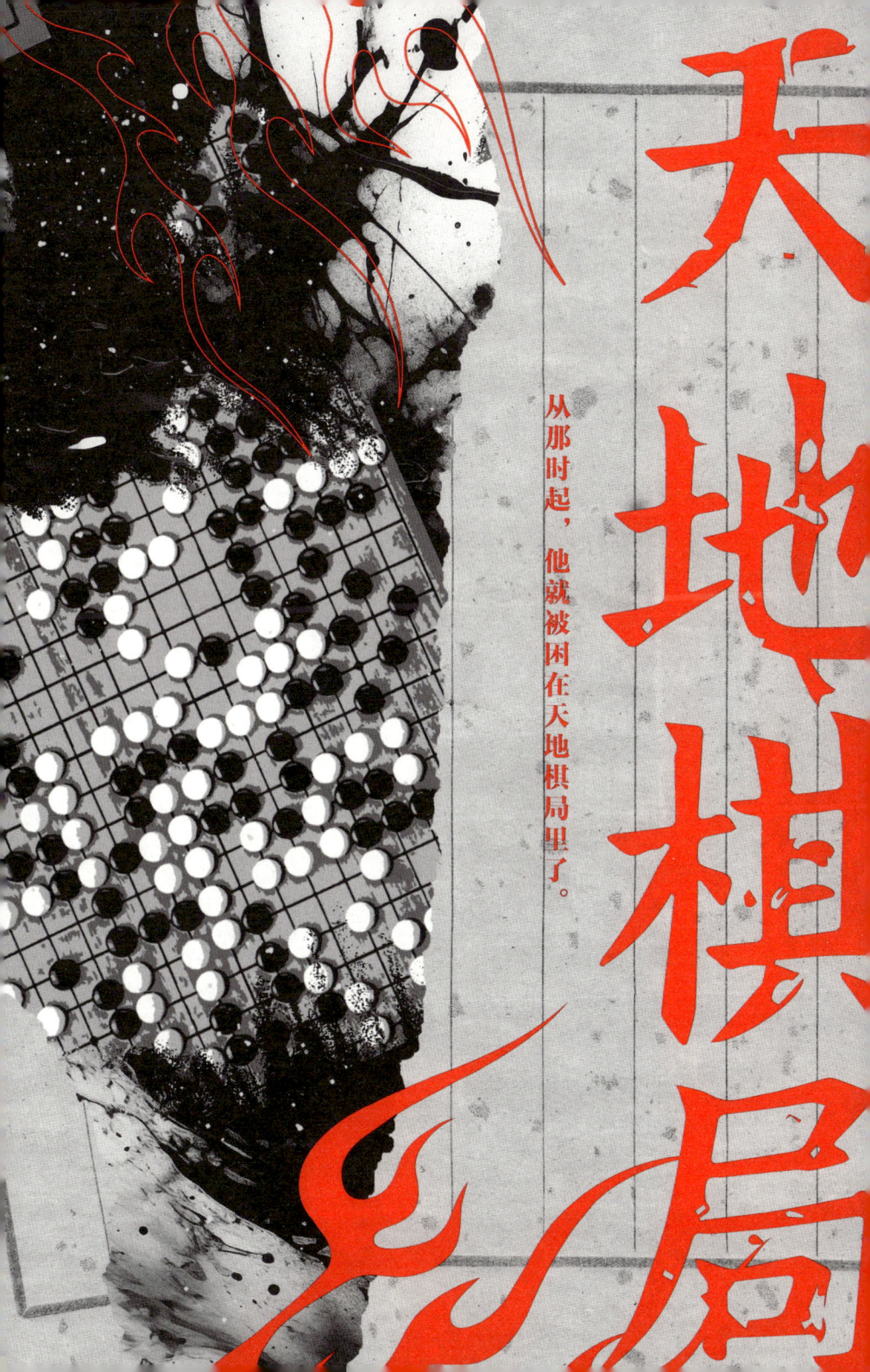

天地棋局

从那时起,他就被困在天地棋局里了。

天地棋局

那老人哪里像个活人啊！

他的眼眶中黑洞洞的，似乎没有灵魂，手脚并用，张开嘴巴嘶吼，像蜘蛛一样，几乎要爬到陈昭身上。

空荡荡的房间里，陈昭紧贴墙壁，冷汗直冒。所有门窗都被堵死了，他无路可走。

他在思考，到底自己是如何落入这般田地的。而这一切，恐怕还得从一局棋说起。

一局他解不开的棋。

如果有人在大街上说这棋连陈昭都解不开，大概会被所有人耻笑。

那可是陈昭，是首席棋待诏，是皇上钦点的当世第一大国手。

相传他出生时，便天有异象，明明是深夜，却红光大盛，好似太阳高悬，持续几个时辰不消退。有仙人不远万里来到他家。那时候的陈家还贫穷，一家七口人窝在一间破茅草屋中，见了仙人，陈氏双亲要拜，被仙人拦下，只是看了刚出生的陈昭一眼，便赠他一件宝物：

一枚黑棋。

仙人说，宝物认主，此子气运极盛，未来定能在棋道上大放异彩。

事实也的确如此。

陈昭从小便展现出过人天赋。三岁时，有一次他母亲带他赶早市，回家途中偶遇老人对弈，陈昭便兴趣大盛，一定要上前观赏，明明还不会言语，却看得起劲，嘴里咿呀作声。其中一老人见孩子可爱，将他抱来，让他随意摸了摸，想不到陈昭小手一起一落，一枚黑子被随意扔在棋盘当中。

两位老人笑了笑，都没当回事。陈氏道了歉，带着孩子离开。可两人重新将注意力放回棋局，才后知后觉，这孩子下的，竟然是一步妙棋。

陈昭下的是黑子。本来黑方大势已去，被白子困在棋盘角落，如同被渔网困住的大鱼，执黑棋的老人本来已经打算投子认负。可陈昭这一子，竟然硬生生给黑棋开辟出一条活路来。

黑子直捣黄龙，刺穿了白棋的所有布局。

老人回过神来，赶忙起身追上陈氏，无论如何都要收陈昭为徒。

陈昭十五岁出师，入世，进了长安。

那年他年少气盛，刚到天子脚下，便放出豪言，要以一己之力，对弈长安所有棋手。

陈昭在曲江池楼下摆上一摊。那是长安最负盛名的酒楼之一，达官贵人、文人雅士无不在此处流连忘返，自然而然地，所有人都看到了这家棋摊。百姓们哪儿见过这种阵仗，本以为是来了个隐世的棋圣，想不到实际一看，不过是个乡下来的穷小子，土头土脑的，自视甚高。

所有人都嗤之以鼻。

一开始并没有人愿意来对弈，都觉得是自降身份，也懒得陪陈昭玩过家家的游戏，一个小孩子逞威风罢了。

曲江池的老板嫌陈昭碍事，挡着生意了，想将他赶走。可若像平常那般，找几个打手轰走，怕是影响不好，毕竟陈昭不是专门来闹事的。

于是老板真就随便拉来一个棋士，要他陪着陈昭下上一盘棋，想着等这黄毛小孩儿输了，面子挂不住，自然会离开。来的棋士也不是什么大师，还达不到进入翰林院的条件，不过在长安各处的围棋擂台赛中赢过几回，算是小有名气。老板以为对付一个陈昭，绰绰有余。

但他想错了，陈昭赢了。不仅赢了，还大胜棋手几十子，犹如屠杀。

这局棋引来众人围观，各地棋士不再将陈昭当小孩看待，纷纷上门应战。可就算高手如云，也无一人能在他手底下赢上半子。

围棋神童的名号就此响彻长安。

直到有人将他引荐到翰林院，当上棋待诏。

有一天，陈昭收到一份棋谱，是他师傅寄来的。

陈昭记得很清楚，收到棋谱那一日，天气晴朗，他院落里的仆人带来了师傅的亲笔信。

翻开书信，师傅写道，自己得了病，大概时日无多，他年轻时游山玩水，曾在一座山中遇见一位老妇，老妇给他泡了茶，见他也喜欢下棋，便赠予这幅棋谱，附在书信背面。

陈昭翻过来，看见了棋局全貌。

这是一个残局。

上书四个大字：天地棋局。

所谓"残局"，其实是象棋中的说法，指到了棋局尾声，对方下一步便能将自己"将"死时，需要找出破局之策的局面。围棋中没有这个说法，因为围棋子数众多，而且如果形势胶着，往往不到最后数子之时，都未知胜负。

可陈昭收到的，的确是一个残局——

白棋已经占据大半棋盘，正要征吃两边的黑棋，如果下一步黑棋不能"一子破两征"，便必输无疑。仔细一看，即便有机会防守，后续白棋也能步步紧逼，根本没有回旋的余地。

对黑子来说，这根本是死局。

师傅在信里继续写道："那老妇人说，这局棋并非无解。不仅如此，黑方只需一步、一个子，便能转危为安，反败为胜。我穷尽一生，都在寻找这一步黑棋。我也曾将棋局交给我的好友观看，共同探讨，可无人能破。我一度怀疑那老妇人是不是骗我，可盯着棋盘，我又觉得，天地棋局，确实有解。

"想来师傅此生，已经无法解开这个谜题。现在你的棋力已经远胜于我，所以我将棋局交给你，希望有一天，你能成为破解天地之人。"

陈昭将师傅的信好生存放，开始观摩棋局。

这一看，便从早上看到深夜三更，陈昭惊讶地发现——

他解不开。

这对已经天下无敌手的陈昭来说，实在是一个巨大的打击。

不过他是个执着之人，既然师傅说这棋局有解，他便一定要将其解开。

从那日开始，陈昭几乎不眠不休，每天盯着棋谱。他在自己房间的桌子上，按照棋谱摆出棋局来，一旦有空闲，便坐在边上，脑中推演每一处落子，以及它们所对应的后续发展。

不知不觉，过去了五个多月，他甚至能将这局棋上每一颗子的位置，记得清清楚楚。

只是对于破解的那招黑棋，他仍然一无所获。

陈昭为此恼怒不已。

直到一日中午，陈昭上朝回来，他的仆人忽然火急火燎地赶来，大叫着"陈大人，不好了"，神情惶恐。

"不要着急，有事慢慢说。"陈昭安抚对方。

那仆人喘过气来，定下心神，说道："天地棋局……被人破了！"

陈昭回到房间，他师傅的书信本来被储藏在箱子里，锁在隐秘角落，此刻被拿了出来，放在陈昭摆放棋局的桌上。

一同被拿出来的，当然还有画着棋谱的那页纸。

"是你拿出来的吗？"陈昭问身边的仆人。

仆人摇头："小人哪儿敢啊！今日您照例去上朝，平常我都是趁这个时间打扫您睡房的，可这次一进来，就发现这页棋谱被拿了出来。小的本以为是大人早上有了头绪，才摆的棋盘，但仔细一想又不对，因为早上您出门时，小的瞟了一眼房间，没见到这几张纸啊！"

的确，棋谱并非陈昭所拿，他早上起床后便洗漱离开，不曾打开箱子。

他走到桌边，拿起棋谱，一眼便看出异常来。毕竟这局棋已经印刻在他脑里，任何一丝细微变化，对他而言都如同夜间灯火，清晰可辨。

谱上多了一枚棋。

是用笔画上去的，墨迹才干了没多久。笔迹随意，像是有人手上端着笔，没拿稳，不小心掉在了棋谱上，才留下这个痕迹似的。

可正是这一笔，在陈昭心中，掀起惊天巨浪。

它简直是神之一手，在白棋的重重突围中，岿然不动，保护住了两边深陷绝境的黑子。

它找到了那条唯一的活路。

"这怎么可能……"陈昭双唇颤抖，难以置信。

是谁破解的？陈昭想破脑袋也找不到的解法，就这么被人随意解开了？难道这世上，还有人的棋艺在自己之上？如果真有此人，他为何不早早现身，而是要趁自己离开之时，偷偷点上一笔？是对自己的嘲讽吗？

陈昭总觉得自己的棋道已然登峰造极，这凡尘再无人可匹敌。

此刻，这个想法却被狠狠击碎，成了幻觉。

陈昭忽地仰天大笑，然后又屏息凝神，脸色狰狞起来，转头问仆人："今天你可看见什么陌生人出没？"

"小的没有看见。"仆人吓了一跳，赶忙摇头，"近几日，府上连访客都没有。"

"那会是谁？是谁？！"

仆人不敢多待，连忙退出房间，留陈昭独自发泄。

陈昭没有其他动作，只是目不转睛地死盯着手中的棋谱。

从午时一直看到深夜，天已经全黑了，他却连蜡烛都忘了点。

直到最后，他突然将棋谱撕了个粉碎。破碎的残页像落叶般围绕在他的周围，慢慢飘落，最终全部撒落在地。

陈昭自己都不知道为何会如此愤怒，也许不仅仅因为有人在他之前破了棋局，更是因为那人提前告知了他如何破局。

一个谜题，若在破解之前就知晓了答案，也就代表着永远失去了破解它的机会。从这一刻开始，陈昭就算说出答案，也只是一个欺世盗名的作弊者——如此惊世骇俗的一盘残局，自己却无法成为破局者。

过了许久，他才稍稍平复下来，大口喘气。

陈昭看向桌面，那里放了棋盘。看着自己研究了千万遍、已经了如指掌的棋路，他忽然皱眉，睁大双眼。

因为他意识到发生了一件绝不可能发生的事。

他冲到桌边，凝视着那些用石头做成的棋子——他忘记了那步棋！

陈昭一时间慌了神。

这种情况从没发生过。他从小便技艺超群，别说一颗棋子了，就算有人在他眼前下完一整盘棋，他都能将每一步记下，而后复盘，他怎么会忘记刚刚那步棋？

陈昭连忙找来火折子，点燃蜡烛。房间里亮堂起来，满地的碎纸扎眼。

上一刻还在愤怒自己无法破局，此刻又因为失去答案而恐慌，陈昭已经弄不明白自己的想法了。或许是因为潜意识里，他早已失去自信，觉得自己永远也破解不出这盘棋局。

他将碎纸一片片捡起，努力拼合。因为刚才用力过猛，撕得太碎，他花了好一会儿才完成复原。

可这么一看，陈昭陷入更深的迷惘中。

用笔墨画出来的破局之棋，消失了。

陈昭直勾勾盯着棋谱，开始怀疑今天所发生的一切，莫不只是黄粱一梦？

他放下纸张，推门而出，打算去找仆人问个明白。可推开门后，他的脸色却更为难看。

眼前景象所带来的震撼，不亚于他当初第一次看到天地棋局时的感受。

陈昭的屋子是圣上亲赐的三进四合院，房门打开，理应看见自家院落，屋门正对着垂花门，通向宅门出口，两边栽种梨树，放置石灯，还有碎石铺路。

这些，陈昭都没看到。他看见了自己的卧房。

陈昭推开了卧房门，却来到了另一个房间，其中布置与他的卧房完全相同，两者连通，犹如在照镜子。

眼前房间里的所有家具，都是黑色的。陈昭大惊失色，连忙回头看去，自己的房间明明还在，只是里面的装饰全部变成了白色。

他就站在一黑一白之间，好像幼鸟飞入林中，迷失了方向。

"是何方神仙？我是哪里得罪了你？！"陈昭突然仰天大喊，"还是我阳寿将至，黑白无常老爷要来收取我的性命？"

没人回应。

四周安静得出奇。换作平时，即便是深夜，也会有风声鸟鸣、树叶相互摩擦的细碎声响，以及打更人在远处的街道上按照惯例吟唱的声音，此刻却没有任何声响，这让陈昭汗毛倒立。

陈昭冲进黑色房间，不顾一切地推倒其中的家具，是在发泄，抑或是试图用碰撞声来掩盖自己内心的恐惧。不一会儿，房间就一片狼藉，他坐在中央的废墟上喘气。

不过也正因为失去了家具的阻挡，陈昭这才看到房间的另外三面墙壁。

上面各有一扇门。

整个房间竟然有四扇一模一样的门，那三扇门不知通往何处。

陈昭已经无法思考了，他只觉得所发生的事情过于匪夷所思，除了有妖物作祟，再想不出其他理由来。

他束手无策，站起身来，随便挑了一扇门，走到门前。

也许这扇门之后便是出口？

怀着几近绝望的心情，他推开了门——

门后还是一个房间，一个白色的房间，一模一样的大小、装饰、布置，还有墙上的四扇门。

陈昭疯了似的奔跑。他推门，看到下一个房间，又推门，又是一个房间。这里仿佛成了一个迷宫，无数黑白色的房间相互连接，永远找不到尽头。

直到陈昭跑不动了，瘫软在地，大汗淋漓。即便如此，他也没有停止思考，因为他忽然觉得，这些房间的分布，他极为熟悉。

一黑一白，相互交错，有时候是一连串的黑或白，围成一大圈。有的房间只有一两扇门，甚至没有出口，成了死路。

简直像是围棋。

这黑白房间，分明正是黑白棋子！

陈昭忽地坐起，合上双眼，回忆刚才跑过的道路。

这一刻，他的灵魂有如跑出体外，越升越高，悬在半空，俯视大地。

房间排布尽收眼底，它们逐渐缩小，直到变成了指甲盖大小，聚拢在一起，横平竖直，互相贯通连接，竟然成了一个棋盘、一盘棋局。

陈昭见过这盘棋，他对每颗棋子的摆放位置都一清二楚，因为这是他耗费了无数日夜妄图破解的残局。

他被困在天地棋局里了。

出口在哪儿？

陈昭不知道自己在棋局里待了多久，他不停奔走，几乎将所有房间走了个遍，却始终找不到终点。难道他要在这里徒劳地行走一辈子？没有食物和水，想来七天都撑不过去。

他实在累了，脑袋迷迷糊糊，想走到床边休息，还没坐稳当，地面突然略微震动。

砰！

一个巨大的声音突兀地响起，隔着无数房间从远处传来，压抑而沉闷。

陈昭吓得一激灵，腾身而起。

只一声，便消失了，四周重新陷入沉寂。

似乎是幻觉？

可紧接着声音再次响起，变成连续的撞击声，越来越近，愈发响亮。起初如同猛兽咆哮，后面变成了天崩地裂的轰鸣。地板开始剧烈摇晃，像是遭了地震。

什么鬼东西？陈昭扶着桌椅，勉强走到房间中央，目视声音传来的方向。

声音已经近在咫尺了，它在向着陈昭冲刺。

砰！

猛然间，陈昭正前方的墙壁碎裂了，一个庞然大物撞破了墙。

一枚棋子。

一枚顶天立地的白棋。

它直立起来，活似个滚轮，得有一丈多高，五尺宽，似乎是实心的，不论是石头所作还是玉器所制，都有千钧之力。此刻它正一刻不停，直直冲向陈昭。

要是被这枚棋子压倒，定然是要被碾成齑粉了。

陈昭反应迅速，拔腿就跑，他来不及思考为什么会有这样一枚棋子，只是扭身跑到了侧面的房间。那颗棋子硕大，显然会直线行进，只要躲过去，并无生命之忧。

但陈昭想错了。

白棋滚到刚才陈昭停留的房间，居然停下了。这根本不可能！如此硕大的物体，怎么会说停就停？或许它没有自己想象的那般沉重？可是它随后缓缓转动，又能将所有触碰到的家具破坏殆尽，让地板龟裂。

它像是发展出了神智，在寻找陈昭！

棋子终于重新调整到了陈昭跑出去的方向，而后再次启动，携着狂风疾驰而来。

陈昭跑得上气不接下气，他今天算是见识了之前一辈子都不曾见过的奇怪事件。

下了一辈子棋，难道最后也要死在一颗棋下？

危难关头，陈昭反而冷静下来了，这大概就是首席棋待诏的过人之处。同样是下棋，其他棋手遇见危难局面，无不是惊慌失措，自乱阵脚，本来或许还有活路的，心乱了，棋路自然也就乱了，但陈昭不同，对手越是强横，他便越是专注镇定。

他的双腿不停，几乎是靠着本能狂奔。

不过是被白棋追着罢了，他执黑手下过千万盘棋，哪一次不是被白子步步紧逼，陷入死局？他总能找出破绽，化险为夷。

这世上，还没有他破不了的局！

数不清的房间景象在陈昭的脑海和眼角边掠过，这里面一定有自己遗漏的、能够帮助自己逃生的信息——墙壁、窗帘、蜡烛、桌椅、棋盘……

棋盘！

陈昭猛然意识到，所有房间的棋盘都不对！

他本来设下的棋谱，是天地棋局，但不知从何时开始，房间里棋盘的路数变了！

进入下一个房间，陈昭绕到桌边，看到棋盘上的图案，是另一盘棋局。

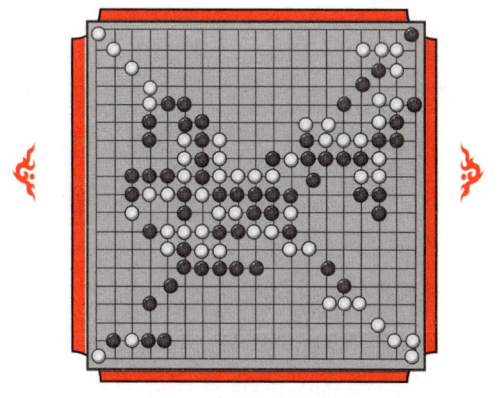

白棋滚到这个房间，眼见着就要压中陈昭了。

他终于再次奔跑起来，脸上浮现笑容，全身舒畅。

他认识那盘棋局，他知晓答案了。

七岁那年，同门来找他下棋。对方年长十岁，棋艺却不如他，屡屡被师傅责骂，让这孩子起了好胜之心。那天，同门欣喜若狂，说自己钻研良久，终于研究出一套绝世棋路，无人见过，要让陈昭吃吃苦头，陈昭自然应战。

同门执黑先行，他将第一子下在了"天元"。

围棋盘十九横线十九竖线，共三百六十一个交叉点，交叉处方可落子，而正中央的位置，便称为天元。平常开局，少有人将第一子落在此处。

陈昭执白后手，每下一子，他的同门便在棋盘相对称的位置落子，如同照镜子一般模仿。陈昭很快意识到，既然两边的棋路一模一样，继续这般下去，不论自己如何布局，对方永远会比自己多一目——最开始下在天元的那步棋。

同门得意扬扬，觉得自己总算挫了天才的威风，谁知陈昭不慌不忙，将白棋贴上了天元，围绕着布局。同门起初还觉得无所谓，继续模仿，很快便意识到不对劲，反应过来已经迟了，自己天元处的一大块棋，竟然不知不觉水泄不通，被轻易吃完了。

陈昭轻松破了棋局。

听说那同门后来万念俱灰，想着此生无法望陈昭项背，便不再下棋了，偷偷离开。

刚才棋盘上的图案，大概正是指这件事情。

所以陈昭心如明镜，他要去那里——位于"天元"的房间。

4

白棋仍在紧追不舍。

跑了足足有十分钟，陈昭才总算来到目的地，几乎要耳聋了。

通往天元的门与其他房门并无二致，如果其余房间挡不住这枚棋子，天元就能挡住吗？可陈昭来不及细想，他一旦稍微停顿，便要魂归此处了，他必须相信自己的判断。

陈昭跑到天元门前，用力往前推。

纹丝不动，门被锁住了！

陈昭低头看去，这才发现门上挂着一个铜制物件，圆柱状，横亘在正中央。

是一把藏诗锁。

这并不是一把常见的锁，恐怕市面上都没有，无人听闻过，但是陈昭是知道的。他师傅以前做过类似的锁，不知道是自创还是从别处学来。

和一般锁不同，藏诗锁无需钥匙，上面有五个旋钮供转动，转到正确位置，便是一句五言绝句，方能开锁。答案肯定不能是知名诗作，那太容易破解了。师傅曾经用的是自创诗句，除了他本人之外，没人能猜到。

陈昭又如何知道？

白棋冲到一个拐角，停下，转身，再次冲向陈昭。

陈昭的手在发抖。

他在四周查看，终于在门的角落发现一行字——那是一阕诗的上半句，而且他听过这首诗。

十七岁那年，陈昭已在翰林院谋得一席之地，却仍旧被各家官吏所蔑视。一是当时的棋待诏一职身份低微，二是即便在棋待诏中，也有年长之人，在官场数十年，官位更高，压陈昭一头。

陈昭几次三番试图挑战，可在他们眼里，完全没必要和一个小孩下棋，赢了理所当然，输了面子上挂不住，所以通通拒绝了。陈昭纵有天纵之才，别人不与他对弈，自然也展现不出。

直至一位东瀛使臣来到长安。据说对方是东瀛围棋第一人，特来此切磋，说是要学习大国风范、盛唐棋风。实际上大家都知道，他是来使下马威的，若是己方输了，丢的不仅是自己的面儿，还有国威。

没人愿意上。

皇上挑了当时的首席棋待诏迎战。他年龄最长，棋风老成，本应该万无一失。

但是他输了。

中盘战败，甚至坚持不到数子。

那东瀛使臣面有戏弄之色，说是自己走运才侥幸获胜，实则话里话外都在嘲笑大唐羸弱无人。皇上脸色铁青。

一众棋待诏个个浑身战栗，知道出了这档子事，若没有妥善解决之法，怕是项上人头都保不住了。

就在这时，陈昭站了出来。

死马当作活马医，此刻没人阻止这个不知天高地厚的小子了。

东瀛使臣见第二个挑战者如此年轻，又讥笑一番，还是接受了挑战。不过他的脸色在下到一半时，就完全变了。

他意识到，眼前这个名不见经传的少年，棋风狠辣果断，同时又滴水不漏。

他输了，但是他不服，毕竟他在东瀛是无人可匹敌的角色。他索性拉住陈昭，在大殿之内连下了十盘。

十盘皆败。

陈昭一战成名，护国有功，成了钦点首席。棋待诏这个官职也因他大放异彩，地位水涨船高。

陈昭记得，完成第十盘棋后，东瀛使臣面色阴沉，冰冷得能滴出水来。他看向自己，满是绝望，想要说话，张开了嘴，却久久没有吐出字来。

最后他瘫倒在地，声音嘶哑，用东瀛文念诵了半阕诗。

后来有认得东瀛文的人将诗句翻译出来，正是陈昭眼前的文字。

而陈昭还记得下一句诗。

他转动密码，锁开了。

在白棋要压扁他的瞬间，他成功进入天元房间，重重阖上门锁。

诡异的是，门被关上的那一刻，外面的声音顿时停止了，好像那枚硕大的棋子凭空消失了，世界重回寂静。

陈昭长舒一口气，靠在门板上，力气都被抽空了。

可他还没缓过劲来，忽然有尖啸声在他的耳边爆发。

一只手抓住了陈昭的脚踝！

陈昭望去，那只手苍白枯瘦，好像风一吹就会断。

手的主人是名老者，大概七八十岁，脸颊凹陷，长发披散，张着嘴巴，牙齿稀疏残缺，阵阵恶臭传来，刚才的尖啸声好像就是从他的口里倾泻出的。

他此刻趴在地上，胸腹贴地，左右腿弯折而起，竟然像是蜘蛛腿部，头颅高扬，眼神浑浊，聚精会神地盯着陈昭。

放在平时，在这诡异地方遇见一个活人，陈昭无论如何要问上些问题，说不定对方知道发生了什么，清楚这天地棋局的奥秘，抑或他就是那个画下棋招之人。可面对眼前的老者，陈昭一个字都说不出来。

因为对方根本就不像人。

陈昭吓得大叫出声，跨步跃过老人，跑到房间中央。

天元房间不像陈昭的卧房，这里昏暗，没有家具，只有四个角落各点了一支白烛，火光摇曳。正中间摆放了一张方桌，黑色，上面铺了两张宣纸。

陈昭不知道老人是谁，也不明白他为何会出现在这

执笔人谨记，此书只可记载，切忌编造。违逆者，必有天罚。

谨记。

二年，冬，十月。裴相患疯病，食生肉，状若疯狗，宫中皆知，府上树木枯萎，女眷出逃。原是黄狗成精，附着于身。遂请异士，点黄符，清水化血，得以驱之。

太祖七年，己未，二月。赵景王反，派楚王征之，遭宇路袭杀，楚将殁于役。几日后，竟成鬼，魂魄现于朝堂，曰：'堂上有贼，泄吾踪迹。'太祖寻出贼人，斩于门外，将魂消散。虽已身死，其忠可鉴！

庚子，夏，六月。朝堂斗争不休，厌之，遂去。道遇一虎精，饿毙在即。适遇一僧，僧发善心，甘以身饲虎，虎精得活。

辛丑，冬，十一月。执笔觉，年五十，徒代之。

徐州乡间，屋外，魑魅冲撞家然，被其生吞活剥，死于其利爪。

柳树茂盛，柳树枯萎。

牧之与阿奴死而复生，不知何故。

逆天改命者，当罚！

惩罚，无穷之苦也！眼前牧之、阿奴，惟幻觉耳，实则埋于土中数年，恐已腐朽，虫蛆食，面貌全非。盖真切

已死，勿可续也！

不知年岁。见一狐妖，似欲诱我。问之，原是为母求食，随手寻来一恶徒予之。

不知年岁，魑魅缠身，点烛驱之，现原形，是冤死亡魂。得其仇家，为民除之。

里，却发自内心地抵触那张面容，不敢正眼去瞧。他觉得那老人虽然瘦弱无力，但像是一条毒蛇，随时会吞噬自己。

可当他转头看向刚才老人所在的方向，心里猛地漏跳了一拍。

老人消失了！

就像在房间里看见蜘蛛，当你的目光还能抓住它时，并不算最瘆人的，可怕的是你明明知道它还在房间里，却不知道它在哪儿。

陈昭赶忙左右查看，不停转身，可四下空空如也。

这么大一个人，总不能凭空消失吧？除非他是鬼。

陈昭不敢乱动，不敢大口喘气，生怕那只"蜘蛛"不觉间已爬到自己背上。

他忽然察觉到一丝异样——他的影子变得很大。

四角的烛光将他的倒影拉长，投射到地面上四个不同方向。陈昭身材单薄，本该细长的影子此刻却像肉团一样厚重，似乎还在微微动弹。

这不是他一个人的影子！

陈昭抬头，刚好对上老人的眼睛——对方竟然用不知何种方式吊在天花板上，倒挂下来，和陈昭处于一条直线上。

两人的脸几乎要贴在一起！

陈昭蹲下身去，尽力拉远自己和这怪人的距离，跑向角落。

老人立刻落在地面，四肢并用，以一种奇怪扭曲的姿势行进，快速向他爬来。

陈昭已经靠到墙壁了，退无可退。如果这真是蜘蛛，这房间里，有什么东西能克制他？

昨夜，陈昭的屋子里还进了蜘蛛。说昨夜或许并不恰当，因为陈昭发现了蛛网，大片大片连在一起，显然织成有些许时日了，恰好就在他摆放师傅信封的木柜门前。如此一想，他确实很久没有打开柜门了。

陈昭从来觉得蛛网与棋局有相似之处。蛛丝密布，岂不和棋盘的横竖直线极为类似；蜘蛛捕食的方式，是将猎物困在网中，而后吃掉，这与围棋将对手的棋子围住后吃掉也是大同小异。

不过陈昭并不喜欢蜘蛛，所以当时他拿了烛台，将蛛网烧得一干二净，蜘蛛也被灼伤了，掉落在地，蛛腿朝天，很快不再动弹。

想到此处，陈昭的目光落在房间里的白烛上，火能克敌！

他当机立断，拿起白烛挥舞，火焰在空中留下痕迹。老人见了火，的确似乎有些怕了，不敢贸然靠近。

但终究是烛火罢了，微弱如萤光，一口气就能吹灭，又有多大的杀伤力？老人很快意识到陈昭只是在逞强，再次逼近。

需要更猛烈的火！陈昭如是想着。

他的目光落在宣纸上，一鼓作气，跑到桌子边，将宣纸揉成一团，尽数点燃，纸团成了火球。

老人瞧出他的意图，瘦弱的双腿迸发出强烈的力量，飞扑而来。

陈昭及时将火球扔了出去。

两者相撞，火焰一瞬间蔓延到了老人身上，将他完全包裹。老人惨叫，痛苦让他在房间中奔走，推翻了桌子和烛台，最后摔倒在地，来回滚动。他的声音愈发凄惨尖锐，陈昭缩在一旁，捂住了耳朵。

没想到，随着老人身上的火焰愈燃愈烈，房间的温度也一同升高。忽地天花板上出现了火，不知从何而起，一瞬间布满天花板，然后往下弥漫，转眼间，整个屋子都陷入火海。

热浪汹涌而来，陈昭大汗淋漓，无法呼吸。

他想要跑到门边，推门逃出，可来不及了，火焰熊熊燃烧，已经覆盖了四扇房门和周边墙壁，窜到地板上，像大水一般袭来，排山倒海。

陈昭马上就要失去落脚之地，他不得不爬到方桌上面躲避。但这也仅仅争取了一点时间而已，很快，他就看见火焰顺着桌腿攀爬直上。

老人已经停止不动，平躺在桌脚边，全身黑了。

怎么办？自己也要被烧成炭了吗？电光石火之间，陈昭陡然想起一件事。

房间里有密道，就在桌子正下方。

那年陈昭四十七岁，早已变卖了大部分家产，欠下不

少债务。他搬到郊外一间茅草屋,却没有什么东西能摆放进来,只有一床一桌、些许杂物,还有大量的棋谱。

讨债人来了,免不了捣乱破坏一番,在他家中翻箱倒柜,指望能翻出一个铜板来,却总是一无所获。那些人走了,留下一地狼藉。看着被撕毁的棋谱,陈昭心疼,便借了邻居的铁锹,在房间里挖出一个洞来,将剩余的棋谱放进去,又找了石砖做盖板,这才让它们幸免于难。

有哪里不太对。

陈昭明明才二十七岁的年纪,为何脑海中会忽然出现四十七岁的记忆?

可来不及多想,火焰就要烧到他的身上了。

陈昭不再犹豫,用袖子捂住口鼻,跳回地面,忍着热气钻到桌子底下。他用脚跺了两下,果然地面有所松动,但是力度不够。于是他推开桌子,站到盖板上,先是上跳,再利用自己的体重,狠狠坐下去。

火焰终究吞噬了房间,一寸也没有留下。

好在陈昭已经顺利通过密道,来到一个新的房间。

6

陈昭一屁股摔在地面,痛得龇牙咧嘴。好不容易缓过劲来,他站起身。此刻所在的房间比上面的还小,两三步便能走完。

屋里只有一件物品:一个木盒。

它长宽各八寸，梨花木所制，上面雕刻的图案样式质朴，十分常见。

陈昭对它再熟悉不过了，那是他存放师傅信件的盒子，也就是存放天地棋谱的地方。

陈昭拿起盒子，发现它被锁了。

盒子本来用的是纹银锁，细长，用银匙开启，锁眼是一个小洞，只比针口大些。但现在上面的锁被调换了，样式古怪，陈昭没见过类似的。

那是一个方形盘，很薄，还不及手指粗细。锁孔的位置呈圆形，很浅。

说它是锁孔，其实更像一个凹陷。

陈昭环顾四周，将房间尽收眼底，没有类似钥匙的东西。但他一眼就察觉，锁眼的大小和深浅奇特——刚好可以放下一枚围棋子。

虽然房间里没有，但他身上有一颗。他父母说，那是他出生时一个仙人送来的，必定有趋吉避凶之效，所以他从小便带着，片刻不离身，久而久之，成了习惯。

他从怀中摸出 _____ 放入，木盒的锁随即打开。

> 陈昭随身携带的棋子只能是？

不过盒子里面不是信纸，是一面圆形铜镜，有些年岁了，上面起了雾。

陈昭不自觉拿起镜子查看，抹去雾气，便看见了镜中的自己。

他本应该身强体壮，意气风发，刚从朝堂回来，应当穿着官服，头发盘起，裹上幞头，眼神温润如玉，谁人见

天地棋局

了，不道一声"翩翩我公子，机巧忽若神"。

可现在镜子里，分明是个古稀之年的老者！

不仅如此，这张脸，陈昭刚刚见过，是楼上那蜘蛛一样的老人！

陈昭一时以为自己看错了，又或者这并非镜子，而是西域来的神奇物件，能够让人看见奇妙图像。

他转头，镜子里的老人也转头；他眨眼张嘴，对方也眨眼张嘴。

那就是他！

陈昭触目惊心，手掌没了气力，一松，铜镜掉落在地。

镜面破碎，裂成无数片，浮在空中，映照出无数张陈昭的脸。时间仿佛在此刻停滞，不再流逝，于是溪水凝固，飘动的衣物定下形状，屋檐下的雨滴停在半空。他突然想起很多事，那些他曾经努力忘却的记忆此时如潮水般涌现，一旦回来，便再也挥之不去。

陈昭，七十七岁了。

二十七岁那年，他从师傅手里拿到天地棋局。自打那一天起，他日夜钻研，妄图破解，却始终没有进展。他开始怀疑自己，却又不甘心，立下誓言，此生不论如何，定要破局。

他将所有精力放在破解棋局上，别的事情一概不管，像是着了魔，越陷越深。

他不再上朝，自然惹得龙颜大怒，他却毫不在乎，所幸皇帝仁慈，没有将他赐死，只是免了官职。他倒觉得更好，每日醒来，便坐到桌边，盯着棋局，脑中将所有路数过上一遍，直到深夜，实在困得不行了，才去睡一会儿，没多久便起来，继续破解。

天地棋局，成了陈昭的执念。

没了俸禄，他迫不得已辞退奴仆，变卖家产，最后搬到郊外，但他的眼里仍然只有棋。

三十七。

四十七。

……

七十七。

他的房屋破旧，家具早就卖光了，只剩下一张桌子、四个烛台、几张写着破解思路的宣纸，只是没有一个思路是正确的。不知不觉，屋里早已遍布蛇鼠虫豸，蜘蛛在角落织网，满地灰尘，他也不清理。如果有人进来，必然会以为这是个许久无人居住的空屋。

他日渐衰老，手脚不灵活了，思维缓慢，后背佝偻起来。因为贫穷，省吃俭用，营养不良，他变得面黄肌瘦，牙齿溃烂，也因为总是坐在桌前，缺乏运动，他的四肢逐渐萎缩扭曲，仿佛成了一只年迈的蜘蛛。

房间里，陈昭抬起苍老的双手，抚摸自己满是皱纹的脸。他终于明白，看见棋局被别人破解之时，为何会如此愤怒。

因为这盘棋，他下了五十年！

陈昭都记起来了……他快要死了。

四周陡然震动起来，房间坍塌，化作虚无，陈昭开始坠落。

刚才的一切，都只是他临死前的幻觉而已，现实里，他其实气若游丝，此刻正躺在那张随时会垮塌的床板上。

都说大限将至之时，人会走马观花看遍自己的一生。陈昭的确看见了自己出生、拜师、到长安设擂，再到二十七岁那年……这些画面悄然脱离现实，变成按照棋局排布而他逃不出的房间、几尺高的棋子，又或是在燃烧中凄厉惨叫的老人。

但仔细一想，倒也没错。

陈昭的人生其实在二十七岁那年便停止了，接下来的日子，只不过在重复着同一天。

从那时起，他就被困在天地棋局里了。

陈昭就这样继续下坠，陷入无尽的黑暗……

隐约间，他好像重回了自己还在当官时的院落。天气晴朗，大概是早晨，温度适宜，清风拂面。

这又是哪一天？

陈昭站在院子当中，走向卧房，轻轻一推，门便开了。里面还是自己的房间，陈设都没有变化，依旧是床柜烛台，一张桌子，上面摆了棋盘。

屋里没人，四周也只有虫鸣和风吹草木声。有小贩的吆喝声从远处的街坊中传来，听不真切。

陈昭走到桌边，重新看向天地棋局。他忽然轻笑起来，皱纹越发稠密。

他不想再破局了。

这棋局好似囚笼，关了他五十年，直到现在寿元将尽，临近死亡，也没能成功解开。

他实在是累了。

解不开又如何？这世上有太多事情破解不开，那不如，就算了吧。

陈昭觉得心中的石头就此放下，如果当年没有这盘棋局，他的人生会变成如何？是会在官场步步高升，成为载入史册的千古棋圣，还是会有新的棋道天才奋起直追将他斩落于马，而他却笑着感叹后继有人？

他永远不会知道了，但是无所谓，他并不在乎，此刻他只想好好睡一觉。

陈昭转身就要离开，最后瞟了一眼棋盘，可不知为何，棋局看起来似乎有些不同以往。他轻抚白须，转过身来。

棋局不再复杂难懂，每颗棋子的走向都清晰无比，他一眼就能将其看透。他忽然意识到——他解开天地棋局了。

那是多么简单，甚至有些无聊的一步棋。

从始至终，他都将这盘棋想得太复杂了，如同陷入泥沼，越挣扎却陷得越深，无法逃离。

天地棋局其实是一条溪流，陈昭立于岸边，拼尽全力拿刀劈砍，用长矛突刺，用壶装水，用泥沙填埋，都没能阻止溪水流动。直到最后，他发现自己只要跨过去就好了。

所谓"当局者迷，旁观者清"，当他真正放下了对于棋局的执念，他才终于成了破局之人。

陈昭迫不及待地走到木柜前，从中取出一个梨花木盒子，从盒子中拿出师傅的书信和天地棋局的原谱，然后又取来一支笔，将棋谱摊在桌上。

他蘸墨，画下一颗棋，而后仰天长笑。

笑着笑着，流下几滴眼泪来，用袖子擦去，便再没有了。

力气终于耗尽，他闭上了眼睛。

守陵人讲完了。

"这故事是真的吗？"你皱着眉头问。

你有些迷茫，看向陈昭的墓碑，此时才发现，碑的最上端，摆了一颗黑棋，不知放了多久，它甚至有些和墓碑融合为一体了。

"故事嘛，到底是真是假，谁又能分辨？"守陵人说。

"我不明白。所以陈昭自己便是当初破解棋局之人？发生的一切，到底是现实，还是他的杜撰，或死前的幻象？"

守陵人摇头，没有回答，不知道是他也不知道，还是说这个问题的答案无足轻重。

"别想太多，只是个故事而已。"

守陵人走向身后那座墓碑，你赶紧跟上。

"你找到故事里的线索了吗？"守陵人没有停下脚步。

没等你回答，守陵人又说："不着急，先听下一个故事吧。"

来到隔壁的墓地，你发觉这里比之前两个墓都要大上一圈，野草格外茂盛。墓碑的形状倒是和前两个没什么分别，也很旧了，腐坏的程度似乎和陈昭的墓差不多。

墓碑上的刻字是：十八人墓。

你从没见过类似的碑文，莫非墓主人的名字便是"十八人"？那可真是个怪名字。

"这是什么意思？"你问。

"顾名思义，"守陵人说，"这墓里，埋葬了十八个人。"

天地棋局

解锁道具·天地棋局,走出困住陈昭的迷局。

本故事的密码线索是?

【文字密码提示:天地为棋盘。】

蒲州鬼棺

到后来，周人龙明白了一个道理：比鬼神更可怕的，是人心。

蒲州鬼棺

一大早，官兵就挖出口棺材来。

周人龙才踏出府衙内署，就被人火急火燎请到南门之外。作为蒲州知府，近些时日来他早已是焦头烂额。几个月前，附近地震，房屋倒塌，死伤六万余人；三月来，各地屡遭歉收，人民乏食，还没缓过气来；因为天灾，民不聊生，乡下强盗劫匪流窜，时不时就传来哪家哪户遭了祸，全家老小无人幸存的噩耗。

知府大人心力交瘁，实在有些应对乏力。

带着衙役，几人浩浩荡荡来到南门，周人龙一眼就看到一堆人围在一起，吵吵嚷嚷，互相交谈。打头之人叫李瑾，是衙里的同知，按职位来说是蒲州的二把手。

见了周人龙，李瑾赶忙上前行礼："周大人！您总算来了，我们可……"

"别磨叽了，李同知，说事！"周人龙直接打断对方。

李瑾这人算是正直有担当，就是性格飘忽，一惊一乍，而且话多，总习惯东拉西扯，直到把人绕晕乎了，才开始说正事。

周人龙则完全不同，他长相和蔼，似乎没什么脾气，性子沉稳，做起事来却雷厉风行，而且一旦下了决心，九头牛都拉不回来，是个好官，在蒲州百姓中有口皆碑。

"是。大人您知道，这南门正在修葺，今早修城工匠开工，掘开那护城石堤边上的黄河滩土，一下子竟然挖出个诡异棺材来。"

"棺材里可有尸首？"周人龙问。

"何止是尸首啊……大人您亲自看看吧。"李瑾侧身，要带着周人龙往前走。

早上修城工匠接受过询问，已经全部被遣散回家，现在河边只剩下提前抵达的差役和仵作。

李瑾往前探出右手，指向几米开外。周人龙顺势看去，猛然眉头紧蹙。

这哪是棺材啊？

老话说："天下棺材七尺三。"寻常寿棺七尺三寸，装下成年男性绰绰有余，可眼前的棺木竟有足足二十多尺，是正常的三倍还多，同样宽得出奇。周人龙已年近五十，从官二十余载，从未见过如此器具。

"李同知，你确定这是一口棺材？"周人龙抖抖袖子。

"算是吧，大人您凑近看。"

周人龙缓步靠近棺材。棺盖已经被掀开放在一旁，想来众人已经先一步勘察过内里。

这么一瞄，周人龙算是了解了此棺材硕大无比的道理。

普通棺材中间空空如也，不加装饰，塞一具遗体就满满当当。可面前的棺材中间有长木板做隔断，上下两条左右两条，硬生生将空间切割成九份，每一份都是一具正常尺寸的棺材。

不止如此，每一个被隔出的部分都放有尸体。

除去最中央的隔间只放了一具尸体，其余八个隔间各勉强填进两具尸首，都是成年男性，紧挨重叠摆放。

一棺，十七尸！

"这是何意？"周人龙大惊失色。

所有尸体都面容完好，不见腐烂的迹象，粗略查看也没有任何明显伤口，仿佛这十七人只是在此地熟睡。哪有人见过这等景象？

"忤作验过了吗？"周人龙又问。

"验过了，找不到任何伤口，不见血迹，也无中毒迹象，暂时找不出死因。"李瑾代替忤作回答，"唯一能确定的，就是这几人已然死透。"

周人龙稍作思考，大手一挥：

"带回府衙，再做查验。"

"对了，大人，还有一事。"趁着衙役开始抬棺，李瑾说道，"其实这棺木挖出来时，里面一共藏有十八人。"

"是中央的木隔里还有一人吗？让你们搬走了？"周人龙有些不悦。

犯案现场不可乱动，容易坏了证物，这么简单的道理，不管是李瑾还是仵作，都应该懂得才对。

李瑾却摇头："这第十八人，是活的。"

李瑾将周人龙带到旁边滩地，那里坐了一个男人，旁边围着两个衙役。男子大概二十出头，头发凌乱，衣衫不整，魂不守舍，眼神直愣愣地盯着地面，身体轻微前后晃动，张着嘴，却不说话，似乎有些痴傻模样。

李瑾凑近周人龙的耳朵，压低声音道："他就是棺里那个活人。"

周人龙点头，走上前去问话。

"你姓甚名谁？家住何地？为何会在棺材之中？"

男子好像没有听到，一言不发，甚至没有看周人龙一眼。

李瑾又说道："刚才下官便尝试询问了，但是此人不知是傻子，还是受了惊吓，无论下官如何盘问，都不说一字。"

"若你和十七具尸体待上一宿，就算不傻，也得患上疯病。"周人龙叹气，见暂时没有其他消息了，便抬袖一挥，"先一并带回府衙。"

李瑾点头。

"别送进狱了！找间空房，让他休息，说不定过两天能缓过神来。"周人龙补充道。

回到府衙，仵作便开始验尸。

仵作属于贱役，地位极低，换在其他地方，检验尸体时是要坐堂老爷严加看管的，甚至有县令直接让他们离开，自己随性一看便下了定论。大多数仵作只能大声唱报，看脸色行事。

不过周人龙对他们极为信任，愿意放手，用他的话说，这些仵作日日与尸体打交道，经验丰富，细致严谨，手段娴熟了得，要他一个外行插什么手？

他自己则命人去调查死者身世，然后回到书房，翻阅典籍。

可尽管藏书万卷，仍是一无所获，他没能找到任何关于庞大棺木的记载，或是类似的故事。

周人龙合上书，让下人倒了茶水，独自叹气起来。

这桩案子说大不大，说小不小。相比前些日子天灾的死伤人数，区区十七人，好像有些入不了眼，但问题是，这大概率是人祸，而且情况过于古怪。

不知是哪个衙役说漏了嘴，一棺藏十八尸的消息已经遍及全县。

周人龙回来的路上，到处都听到百姓谈论，各个版本的故事已经流传开来。有说是山贼杀人抛尸，也有说是妖怪作祟的，甚至有说是狐媚夺了十几人的魂魄，此时已经混进蒲州城，见着成年男人就吸食精气，然后随手扔了尸体。

明明还是青天白日，却已经闹得人心惶惶，如果不调查个水落石出，安稳不了民心，但周人龙没有任何思路。

若说是劫财杀人，凶手又怎会如此好心，给所有人准备棺材？更何况这并非普通棺材，显然需要找棺材铺定制，或是自己寻了木板，亲手制作。

莫非是什么古怪祭典？这几人献身求死，以求神仙保佑一方平安、风调雨顺？可从古至今，这祭祀殉葬之人，无不是童男童女，又或是未过门的女子，谁曾见过同时葬下这么多膀大腰圆的大汉的？

第二日，仵作汇报了结果。这十七人的年龄在二十到五十不等，生前均是身强力壮，无病无灾。至于死因，他们竟然查验不出。

身上没有伤口，只是每个人的脸部都有相似疤痕，却并非致命伤，所以不是外因击打致死。看他们的舌苔指甲，又没有发青发黑，似乎也并非中毒而亡。

有个上了年纪的仵作主张剖尸，被暂时压下，毕竟那是对尸体的大不敬，若是之后找到了死者家人，他们知晓了，能将府衙掀翻天。

另一边，李瑾拿了死者画像，带衙役寻访了百姓，也没有找出一家认识这些死者。可能他们从事商贩之类的职业，居无定所，从外地而来，那要想找出身份，就难上加难了。

到此，周人龙处处碰壁，案情完全陷入僵局。

此案的关键、唯一的希望，显然在那活人身上了。只要他开口说话，一切谜团自然能轻易解开。

周人龙只能叫上李瑾和负责记录的主簿陪同，再去找那人聊聊，心想无论如何，这两天定要撬开对方的嘴。

到了房间，门外有两个侍卫站岗，见知府大人来了，抬手作揖。

"昨夜可有异常？"李瑾先一步问。

其中一个侍卫摇头道："回大人，我们俩整夜守在此处，没有听到任何异响，也无人进出。"

李瑾点头，推开了房门，屋内却空无一人。

那活人……不见了！

2

"怎么回事？！"李瑾大吼，率先跑到屋内，其他人也跟了进去。

房内陈设依旧，床上被褥还叠着，没有人睡过的痕迹。李瑾四处翻找一番，没有见到人影，连声质问："人呢？！"

两名侍卫赶忙跪倒在地，神色慌张。

刚才回话的侍卫又急切说道："大人，我们一整夜都没有合眼，那人绝不可能逃跑！"

"那他还能是凭空消失，插翅飞了不成？"李瑾恼怒。

周人龙也是面色难看，却没有立刻责怪侍卫。

"会不会从窗户逃走了？"周人龙问。

"回大人，因为知道此人重要，所以我们早就带衙役锁死了窗户，他绝不可能逃出去！"

侍卫说着，为了证明自己没有说谎，起身走到窗边，用力推了推，窗户果真纹丝不动。

"将府里所有人召过来，特别是守门的侍卫。"李瑾说道，"这么多双眼睛，还看不住一个活生生的人吗？"

侍卫答应着退出。

周人龙的目光落在了桌上，那里有一个信封。

哪来的信？

难道是那男子离开之前留下的？看他一脸痴傻样貌，竟然还会写字？况且这屋子里应当没有放置纸张笔墨，他是从哪里获取的？或者是有人半夜来劫走了证人？那又为何留下信息？

问题一个接一个在周人龙的脑海里蹦出。

主簿有眼力见儿，看准了周人龙的眼神，立刻将信封拿起，往里查看。

"大人，里面有一封信。"主簿说着，将信纸抽出。

信上写着三个大字：普救寺。

普救寺位于北门几公里外的峨眉塬头上，是间佛寺，在蒲州附近算是颇为有名。平常香客众多，客人络绎不绝，通常会有年轻男女前去，求一线姻缘，百试百灵。

那男子为何要留下这条线索？意思是他去往普救寺了吗？

看来只有到了那里，才能寻求解答。

"走！"周人龙一刻都不愿耽搁。

几人来到普救寺，这里依塬而建，从下至上，有三层台面，层层升高，坐北朝南，居高临下。走进寺庙，殿宇楼阁亭台遍布山间，左侧钟楼，右侧梨花院，当中设立一座佛塔，方形，十三层，名唤舍利塔，如定海神针般立定，高耸入云。

此时正值晌午，天气炎热，加上今天算不上求神拜佛的黄道吉日，是以来往客商并不算多。

周人龙刚走到庙门，就有小僧上前，立刻认出知府大人来，将一行人带到舍利塔中。塔里走出一个七旬老者，一瘸一拐。他穿着茶褐色袈裟，手中拿木质佛珠，须发皆白，但精神矍铄，双目炯炯。

他便是庙里的住持，法号德延。

周人龙听说过他。这位住持在庙里待了几十年，当上住持也有不少年岁了，许多僧人都是他亲自教导出来的，加上为人和善，对香客耐心，在当地颇有名望。

周人龙上前，两人互相拜见寒暄了一番。

"德延大师，您的腿可安好？"周人龙问道。他没听说住持有瘸腿之症，所以有些意外。

"前些日子走路，不小心摔下几阶楼梯，没有大碍，休养几日便可。"住持回答。

周人龙点头，决定单刀直入，拿出刚才让画师加急赶出来的男子画像："大师可认得此人？"

住持眯眼瞧了瞧，摇头否认："贫僧久居庙内，相识之人不过是门下僧人，以及一些常来香客。至于画中之人，贫僧并不面熟，就算见过，也不记得了。"

周人龙放下画像，又问："那大师可了解棺材？"

"棺材？"

周人龙将挖出棺材之事悉数说出，可住持只是连连摇头。

"阿弥陀佛，这事确实好生古怪，可惜贫僧许久未出这寺了，对外界之事已然知之甚少，也未听过一棺藏十八人的说法，实在帮不上什么忙。"

周人龙眉头紧拧，他觉得有哪里不对劲。

德延住持的身上有一处异常违和，倒不是瘸腿，但周人龙一时间也说不出个所以然来，大概只是办案多年的直觉。

加上信纸的确指向这座寺庙，周人龙隐约认为，对方有所隐瞒。

他在撒谎吗？可住持德高望重，有什么理由撒谎？

是他见过消失的男人，还是他其实认得那棺材？

自己没有证据，总不能严刑拷打。如果从住持嘴里问不出什么，偌大的庙宇，自己又该去哪里寻找线索？

"大师是否介意我们在寺中略微搜寻一番？"知道这个要求有些过分，周人龙连忙补充道，"定然不会大动干戈，只是分散在各处，随意看看，绝不会打扰到佛家清净！"

住持倒显得无所谓，又是轻轻念一句佛号，说道："知府大人情系于民，为民除害，来此查案，我们定当全力配合。"

德延住持唤来几个年轻僧人，周人龙和衙役们分成几组，被他们带领在庙里查看。领着周人龙的是个小和尚，大概还不到二十岁，明明已经是成年人的体型，却仍旧满脸稚气。

几人转了一圈，也没见到丝毫异样。

到了一个僻静地方，周人龙屏退了衙役，叫住小和尚："现在只有我们俩了，没人知道你说了什么，所以有任何事情，你都能和我说。"

小和尚有些木讷，不知知府何意，只是点头。

周人龙低声问："你确定没有见过画中之人？"

小和尚摇头。

"那寺中近日可有古怪？有没有僧人出入？"周人龙低声问道，"特别是……住持大师？"

"德延住持？"

小和尚思索片刻，还是摇头："庙里大小事情都需要他管理，加上他上了年纪，近来又摔伤了腿，更不可能离开。"

此话倒是在理。

周人龙一无所获。两人又在附近转了几圈，什么也没找着，知府大人闷闷不乐，只能悻悻离开。

就在离开前，两人经过普救寺的后山时，事情总算有了转机！

周人龙在人迹罕至的路边发现了一块木牌，插在泥地里，上面只用锉刀刻着一个字：

禁。

木牌后方是一片竹林，苍翠茂盛，当中踩出一条小路来，一人多宽，通向深处。

周人龙眼睛一亮，总算是找到些有意思的线索了，立刻将小和尚拉来："这是何地？"

小和尚畏缩，不敢靠近。

"回大人，那里是庙里的禁地。"

"寺庙里为何还有禁地？到底是什么地方？"

"具体的，小僧也不清楚。只是住持说，那里是一座……"

"一座什么？"周人龙着急。

"……鬼庙。"

"鬼庙？"

小和尚点头："小僧是在普救寺里出生的，记事以来，就有这鬼庙的传言。说这里曾经也只是寺里的一个普通庙宇，但是上任住持不知听信了何人谗言，居然大肆修整此庙，砸了佛像，补修了不知是哪位佛祖的金身。后来怪事不断，总有人听到庙里传来声音，进去查看，却空无一人。不仅如此，寺里开始有疫病，一个传染一个，死了好多人。众僧都说，新修的金身，根本不是佛，而是鬼！"

"所以才叫它鬼庙！"

"正是。前任住持也害了病，口吐黑血，终于圆寂了。德延师父成了新的住持，做的第一件事便是封锁了鬼庙，怕再招惹灾祸。后来又在道路上种了竹子，立了木牌，防止有人误入。从那时候起，这里就变成了禁地，无人再进去过。"

周人龙还想继续询问，可小和尚死活不愿多说，拽着周人龙就往回走。小和尚看着不起眼，实则力气又大得惊人，周人龙毕竟到了知命之年，没法反抗，只能顺着他走回寺门。

但知府可没打算就此离去，他方才就发觉了不对劲。

若真像小和尚所说，许久无人进去，还缺乏打理，路上应该遍布杂草，有竹子长出，导致难以行走才对。可小径出奇地平整干净。这鬼庙，分明有人出入！

3

与住持还有一众和尚道了别，周人龙表面带着衙役离开了，实际上，他通知了李瑾，让其余人先行离去，自己则偷偷躲在树林中，等待时机。

李同知当然不愿意，堂堂知府怎么能以身涉险？但周人龙执拗，一定要亲自去看看其中猫腻。李瑾又提议，如果要留下的话，得派几个身手好的侍卫保护，周人龙又觉得那样惹眼。官大一级压死人，李瑾没办法，只能留下些火折子，带人下了山。

到了晚上，周人龙便借着黑，避开僧人视线，偷摸回到后山。

重新来到竹林处，周人龙就地捡了一根树枝，用火折子点燃成火把，不假思索踏上小路。

走了约莫五分钟，豁然开朗。眼前是一座普通寺庙，一靠近便觉得里面阴气森森。上面挂了牌匾，但已经落灰，看不清字迹，摇摇晃晃，似乎随时会落下。

周人龙径直走入鬼庙。

换作其他人，一定不会如此行事，毕竟谁不怕鬼？这可是连寺里和尚都不愿来的地方。可周人龙并不信鬼神之说，几十年来，他见过的死者数不胜数，也有死状怪异，让人觉得是妖邪作祟的，但是查到后来，无一不是人为，只是这些凶犯布置现场，销毁证据，为了逃避罪责，瞒天过海罢了。

到后来，周人龙明白了一个道理：比鬼神更可怕的，是人心。

有人死了，便一定有凶手；有凶手，自己就能将其揪出，以当朝律法惩之！

鬼庙里空旷，一片漆黑，周人龙手上的火光微弱，起不到大用。

没承想，庙里竟然还供有灯台，摆了几排蜡烛。周人龙用火把点上，蜡烛一一燃起。这更加肯定了他的想法，如果庙中久居无人，蜡烛不可能如此轻易点着。

有了光，终于能看清鬼庙全貌了。他一转头，就看到一双凶神恶煞的眼睛，眼珠外凸，死盯着自己！

周人龙吓得倒退三步，才定下神来。

那是佛像的眼睛。

大殿之上，端坐着一个金身雕塑，顶天立地，说不上是何方神仙，想来就是前任住持立起的鬼像。鬼像两边，列出两排小佛像，姿势各异，像是十八罗汉，却毫无威严，只有森然鬼气，都扭头看向周人龙。

周人龙好不容易才平复了心情，将视线从恶鬼上挪开。

鬼像之下的地面铺了草席。草席倒不精致，大概是从哪里随意拿来的。不仅有草席，还有几条被褥，凌乱地散在地面。

周人龙数了数，数量刚好是十八个。

莫不是棺材中的那十八个男人？看来他们曾经将鬼庙当作屋子，住了好一段时间。

什么样的人会住在这里？是他们偷偷溜进来的，还是普救寺的僧人将他们放进来的？

都是男人，也许全是和尚也说不定，犯了庙中戒律，被赶出来，又无处可去，于是偷偷暂住在此。周人龙回想当时情况，几人都有头发，也可能是还了俗，不再剃度。

可若是如此，他们又为何会同时死去，被存放在同一个棺木中？

地面上摆了碗筷，还有食物残渣，看起来似乎是米饭和蔬菜。周人龙第一时间便想到了寺里的斋饭。他们若偷住于此，又去何处寻找食物？难道到庙中的食堂去偷？还是说，有人一直知道他们在这里，帮助他们沟通外界？

给他们送饭的，是德延住持吗？

周人龙开始在被褥里翻找起来，想看看还有没有其他线索。果然，他又在一张草席之下翻出几张纸来，残破不堪，已经发黄。

但纸上的内容，周人龙这个知府再熟悉不过了——

十八张通缉令！都是他亲自命画师所作。每一张、每一个名字，周人龙都记得。

他们皆是十恶不赦的凶徒、山贼强盗，都犯了滔天过错，烧杀抢劫，奸淫辱掠，欺凌百姓，无恶不作。周知府已经追捕他们数月，本来还能找到些踪迹，但是突然某一日，他们都失去了踪影，几桩案子迟迟没有进展。

难道那十八名死者，正是这十八个被通缉的恶徒？可周人龙见过他们，其样貌都和通缉令上的完全不同，不可能是同一伙人！

"阿弥陀佛！"

猛然间有声音从庙门传来。周人龙汗毛倒立，扭头看去。

门外站着一个人，黑夜之中，烛光照不见他的脸，只有月光落在他的背上，打出轮廓。

但是周人龙认得这声音，他中午还听过。

德延住持。

"知府大人真是好雅兴。"住持没有进门，一动不动，"怎么想到在深更半夜，来这鬼庙游览？"

周人龙默默咽了口水，举起手中的通缉令，冷冷道："这些东西，大师有何说法？你明知案情线索，却知情不报，欺瞒本官，又是何居心？！"

"大人还请少安勿躁。"

德延住持终于走进庙内，仍旧一瘸一拐。他面色如常，看似平静，但与白天的从容不迫不同，眉眼之间，有阴郁紧张的情绪在流转。

"这十八人，贫僧确实认识，当时有所隐瞒，实在迫不得已。个中原因，贫僧现在便给大人一一道来。"

周人龙没有应话。两人分开站着，似乎都在防范对方，没有靠近。

见知府没动静，住持便自顾自说了起来："数月前，贫僧照例出坡，来到后园除草，发现有人躲在树林当中，凑近查看，便看到十八名年轻壮年男子躲藏于此。他们自称是灾民，几月前地震，损坏了房屋，于是流离失所，一路乞讨到了这里，希望寺里能给他们一些食物，提供住宿。可贫僧看出，事实并非如此。这几人无不是面露凶色，遮掩不住。虽然不知晓他们的真实身份，但绝不是什么灾民。"

"但你还是让他们住下了？"周人龙插话。

"我佛慈悲，苦海无涯，回头是岸，如果他们能真心悔过，从此积德向善，贫僧也愿意做这一件善事。只是当时庙里已经没有空余位置，贫僧有心，也没法接受，只能给他们送了些米饭菜食，又凑了些盘缠，让他们离开普救寺，去城里找出路。没想到……"

"没想到他们找到了鬼庙？"周人龙猜测。

"正是。"住持点头,"即便贫僧再三阻拦,他们还是大摇大摆进了鬼庙。想必知府大人已经知晓这鬼庙有异,庙中无佛,寻常僧人都不敢进来,所以我们也无力阻拦。从那时起,他们竟就此安顿下来。为了逃避官府追查,他们特意找来一个江湖郎中,让他施以易容之术。"

"你说他们换了脸?"周人龙猛然想起,几具尸体的脸部都有相似伤痕,想来就是易容留的疤,倒也证实了这一说法。

"可他们又是如何死去的?"

住持道:"大人莫急。改头换面之后,他们依旧干起了本来行当。"

"本来行当?"

住持叹气:"他们每日一起下山,拦截过路商客,截杀路人,事后又回到鬼庙。寺里众僧都心惊胆战,却无可奈何。不仅如此……他们还参拜起鬼来。"

"拜鬼?"周人龙眯起双眼。

"他们会带来鸡鸭鱼肉当作贡品,摆在台前参拜,乞求下次劫道能多赚些金钱珠宝。"

周人龙看向鬼像脚底下的祭台,上面空无一物,但是借着烛光,确实能看见有血迹漫延,暗红深邃。

"肉呢?"周人龙又问。

"供奉完,自然是下了他们自己的肚子。"住持道,"不过也正因如此,他们得罪了鬼像。"

"鬼还能得罪?"

051

蒲州鬼棺

"得罪鬼可比得罪佛要容易得多。"住持道,"将供奉之物吃了,本就是件大不敬之事,那可是在鬼的嘴底下抢吃的,代表着他们其实并不真心敬畏,只是为一己私欲,随意跪拜。若只是这样,倒也罢了,贫僧听闻有一日,他们劫道时抢到些酒,带来庆祝,其中一匪徒喝多了,便大吼大叫,连我们在柴房都听到了动静。他最后居然脱下裤子,在鬼像上小解,彻底惹怒了鬼神。"

"然后呢?"

"具体情况,贫僧不清楚,但是第二日起来,所有僧人都觉得怪异,闻到了臭味,正是从鬼庙中传来。贫僧身为住持,只能破戒来此,便看到十八人工工整整躺在地上,早已经失去气息。只是他们死状诡异,没有伤口,按理来讲,也不会有如此异味,所以贫僧相信……"

"住持的意思,他们的死,是鬼神的惩罚?"

"阿弥陀佛。"住持微微颔首,表示肯定,"既是鬼神赐死,这些身子有了煞气,旁人靠近,便会有所沾染。为了驱邪避祸,贫僧寻遍庙内典籍,找到一个镇压之法。"

"棺材?"

"鬼棺。以精木制成,糅杂舍利,将尸首一同放入,可隔绝煞气。贫僧将棺材放置于此,第二天便消失了,想来是那鬼像不愿他们留在此处,于是扔出了寺庙,也算是善恶到头终有报了。"

住持说完,鬼庙中又陷入死寂。

鬼像杀人?

周人龙转头望向那尊雕塑——黑暗中如庞然巨兽，此时看来更为诡谲，双眸之中，确实尽显杀意。

要是换了其他地方的知府，恐怕会就此作罢——鬼神一说，可以不信，不可不敬，此案本就诡异，还涉及庙中住持，绝不吉利，一旦惹祸上身，普通人怕是自身难保。

但周人龙不信鬼神。

他重新看向住持，眼神锐利似剑："德延大师，你还在欺骗本官！"

4

听到周人龙的话，住持面不改色，反应自然："贫僧不敢。"

"本官白天就觉得你身上有怪，但当时没看出来究竟为何，现在看来，真是一目了然！"

周人龙踏前几步，眼神下挪，落到方丈的鞋上。一双黑布鞋，再普通不过，缝制有些粗糙，但是崭新，可能没穿过几次。

周人龙道："白天，大师你的鞋子上，可满是淤泥啊！"

"那又如何？"

"近日并无下雨，我看着普救寺内，也没有荷塘之类的地方，住持鞋上的泥是从何而来？思来想去，大概只有

蒲州鬼棺

淤泥还能从何而来？

一个地方，便是 _____。"

住持微笑，没有争辩。

周人龙继续说："所以要是让本官说，从来就没有什么鬼神杀人之说，都是德延住持你幕后搞的鬼。你觉得他们在庙里常住，惹了清净，又或是看他们无恶不作，便想要为民除害，所以杀了他们，将尸体扔到南门！你知道南门正在修葺，一旦完成，尸体埋在下面，这桩案子便再也不见天日。只是你没想到，因为前些日子的地震余波，泥地较之平常更为松动，导致棺材竟被人挖了出来。你更没有想到，其中竟还有一人存活，这才留下破绽。"

住持颔首："知府大人真是断案如神，仅仅凭借脚上的泥，就能看出如此之多？"

周人龙不知对方是承认了，还是在讽刺自己。

住持又道："那贫僧问问知府大人，老僧已经年近耄耋，手脚乏力，老眼昏花，要如何制服十八个正当年，且以劫掠他人为生的壮年男子？"

周人龙早已想到这个问题，捡起地上的饭碗："这就是住持你另一个撒谎的地方。你说这鬼庙没人敢进，可是庙里却有你们的碗筷，碗中还有残留米饭。往来客商，路途遥远，不可能随身带饭吧？这十八人去劫掠了，最多拿到些干粮，那又为何会有米饭在此？还不是你们僧人提供！只要在某一日的饭中下药，迷晕几人，他们不就任人宰割了？！"

住持听了，一时又没再吭声。

周人龙以为自己说到点上了，对方无法继续辩驳，没想到下一刻，住持居然笔直朝他跑来！

他的腿根本没有瘸！

此时的住持完全不像一个七十来岁的老人，他一改之前的和善，满脸戾气。

离周人龙近了，周人龙才发现，他的右手拿着一把镰刀，大概是平常割草用的，现在却成了最骇人的杀器！

周人龙心头一紧，下意识闪身，摔落在地，这才躲过一劫。镰刀狠狠劈在草席上，发出巨大声响。

"德延，你要谋害朝廷命官！"

"放心，知府大人，此事天不知地不知，鬼不知，连佛祖也不会知晓。"

住持举手又砍，周人龙仓皇爬起，朝门外冲去。

来到鬼庙门口，住持再次追上了。周人龙心生一计，将刚才点燃的烛台推倒。那烛台颇有些重量，能挡住一时，可还不够。

周人龙又捡起其中一根还在燃着的蜡烛扔向住持，住持躲过，蜡烛掉在后面的草席上，很快点燃草席，火焰开始在鬼庙内蔓延。

周人龙推倒另一边的烛台，两个烛台成了一堵墙，给了他喘息的时间。他出了门，看着还没有跑出来的住持，狠狠关上了庙门。

周人龙不敢去思考里面会发生什么，他选择接着跑，一路跑过竹林。

他跑得头晕目眩，气喘吁吁，在离开竹林的时候，被小石头绊倒，摔在路面上，疼痛让他叫出声来。

回头看，此时的鬼庙已经有浓烟冒出，隐约有火光闪烁，在黑夜中如同一盏明灯。

德延住持没有追出来。

周人龙不知道他是被困在庙中了，还是已经跑出来，躲在黑暗中，准备随时再给自己来上一刀。

"知府大人！"一个厚重的声音从周人龙的后脑勺传来，在一片寂静中，犹如烟花般炸响。

周人龙吓得一哆嗦，他今天实在遇见太多事了，已然受不住惊吓了。

他转头，是白日带自己查看的小和尚。

"你没事吧？你怎么还在庙里？"小和尚问，他也看到了远处鬼庙的火，"鬼庙着火了？"

周人龙摆手："没事，你先带本官出去，本官再和你详说。"

周人龙仍旧是摔倒后半躺的姿势，他的脸处在小和尚腿边的位置，所以他一眼就看到了小和尚的鞋。

那双鞋也很新，它的款式大小，都和白天住持穿的那双满是泥泞的布鞋一模一样。

"那双泥鞋……"周人龙喃喃自语，"不是德延住持的！"

在周人龙的脑海中，所有线索本来是七零八落的，此时忽然长出线条来，互相交错连接，融会贯通，最终连成了一条线。

他想明白了。刚才他其实还有一个问题没有问，就被德延住持的冲撞打断，那个问题是——

"十八个人的棺材，一个人如何运送过去？"

答案很简单，没有可能。所以运送棺材的，不止一个人。

面前的小和尚，也许还有其他许许多多和他一样的僧人，一同搬运了鬼棺！

小和尚的鞋子上沾了泥，大概是忘记清洗了，一直放着。今日衙役前来，打了僧人们一个措手不及。要是将鞋子藏起来，衙役搜到了，更是此地无银三百两。住持胆大心细，直接将鞋子套在自己脚上，这样就算发现了，也会把责任都揽到自己身上。只是他和小和尚本不是一个鞋码，他走起路来，自然会一瘸一拐。

到了晚上，住持听见了风吹草动就过来了。若是有官兵布防，他不敢轻举妄动，想不到周人龙如此莽撞，竟然独自前来，这倒给了住持可乘之机，便打算将他就地杀死，以绝后患。

周人龙觉得自己原先的推测大部分都没有错，只要将住持换成其他僧人便能说通。

德延住持心善，让那十八人进了寺庙，没想到他们不知悔改，反倒变本加厉，这让普救寺所有的僧人都有怨言，特别是以小和尚为首的一帮年轻和尚，血气方刚，疾恶如仇，又怎能看得惯这些事情，也许几次三番找到住

057

持，却都被他压了下来。于是几人一合计，干脆一不做二不休，为民除害，即便要赔上自己的道行，也在所不惜。最后下了药，杀了人，运了尸。

而德延住持，显然是事后才知晓此事，为时已晚。他也知道此举，善恶皆半，于是想着，如果查来了，就一人顶下所有罪责。

至于鬼庙？

本就是小和尚当时的一面之词，恐怕根本没有此事，他只是怕周人龙进去发现证据，因而编造了这个说法，将他拒之门外罢了。

想到此处，周人龙看着眼前的小和尚，四肢无力，嘴唇发抖，一个字都不敢说。

小和尚指着远处的火焰问："到底发生了什么？德延师父是不是还在那里？"

此话一出，周人龙大概猜到，眼前的小和尚显然已经知道住持来找自己之事。

怒从心起，小和尚一把将周人龙举起："你把师父怎么样了？"

火光的映照下，小和尚的脸上青筋绷起，眼珠外凸，恶狠狠地盯着周人龙，似乎要把对方吃了一样。

活像一只恶鬼。

"如果师父有什么三长两短，我一定让你陪葬！"

小和尚的双手卡在周人龙的脖子上，似有千钧之力。周人龙妄图掰开手指，但他每日坐着，缺乏锻炼，哪是这年轻和尚的对手。

他的脸涨得通红,喉咙里发出几声残留的挣扎,眼睛逐渐模糊,无法呼吸,就这么晕了过去。

只不过,晕过去之前,他隐约看到小和尚的身后,有一大批人正在靠近,声势浩大。

为首的人长得眼熟,好像是李瑾……

周人龙再次醒来时,已经是第二天中午。

他躺在自己的床上,喉咙处传来燥热和疼痛。他轻咳几声,招来了下人,从下人口中,了解到了事情经过。

原来昨天李瑾离开普救寺后,一直不放心,而且周人龙迟迟不回来,就更觉不对。于是跑回去询问,却发现许多僧人的说辞并不一致,住持也不知去向。

虽然不明白发生了什么,但是事出反常必有妖,带人再来瞧瞧总没错,于是李瑾拉来衙役官兵,重返寺庙,寻找周人龙,刚好碰见了小和尚要掐死他,及时救下。

小和尚等一众僧人已经被关在大牢之中,德延住持并没能及时从鬼庙中逃出,今早再去,只发现一具焦尸。

周人龙有些疑惑,其实两个烛台一扇门,并没有多大威力,如何能死死挡住住持的去路?但转念一想,或许是德延住持自知罪孽深重,便没打算抵抗,选择葬身火海。

对被关进狱中的僧人,周人龙没有定下太大的责罚,虽说他们的处理方法是错误的,却终究是除暴安良。周人龙睁一只眼闭一只眼,让他们受了些教训,便放回寺庙,

蒲州鬼棺

此后不得再踏出普救寺一步。

只是周人龙总觉得，此案还有些古怪之处，关于住持，关于那座鬼像，总有些说不通的地方。

于是几日后，他带着李瑾重回鬼庙，冒着对鬼神大不敬的风险，将那雕塑砸了。庙里的众僧都想阻止，却抵不过官兵，只得作罢，围成一圈，在旁看着。

谁承想，那坚硬的金身只是刚破了一个小口，一股浓烈的恶臭便从其中传来，在场众人连连皱眉，掩住鼻息。

再砸多一些，终于露出内里。

周人龙看去，鬼像之中，竟然藏了已经腐烂的血肉！它们堆叠在一起，聚成团，充满了鬼像雕塑。

"这是何物？！"李瑾转头，大声质询在场僧人。

其中一个稍年长的和尚上前道："大概是鬼神即将凝成的肉身。"和尚紧闭双眼，"真是万幸，大约再过些时日，就要变成真正的鬼了。"

李瑾想说这真是胡言乱语，可是又怕对方说的是真的，不敢再回话。

周人龙紧盯那鬼像许久，轻叹一口气："本官明白了。"

李瑾低声问道："大人，您看出什么门道来了？"

但周人龙没有回答，只是大手一挥，带着官兵打道回府了。

临走之前，他对僧人们说道："既然方丈已经圆寂，许多事情，便也无法追究了。你们将那肉身好生处理了吧。"

年长僧人鞠躬："多谢大人。"

蒲州鬼棺一案，就此尘埃落定。

至于那十八人中唯一的活人，此后再无踪迹。

5

"再无踪迹？"你看向守陵人，又看向墓碑上的字迹，"所以这墓中埋葬的，就是棺材中的另外十七个人？"

守陵人摇头，雨衣发出清脆的摩擦声：

"案子完成后，周人龙噩梦连连，于是李瑾找来另一个庙中的大师，让他看看。大师说，周人龙是中了煞气，要将所有去世之人埋在一起，用棺木压制，那也是压住了他们的罪行。周人龙立刻明白了，于是将德延住持的尸体重新挖出，将他和另外十七人一起放进鬼棺，成了这十八人墓。噩梦就此消失，只是挖尸一事实在有损阴德，为世人所不齿，所以隐瞒下来，不再提及。"

你下意识又想问，这是不是真实的故事，但是仔细一想，守陵人大概仍旧会说，故事罢了，真假并不重要，所以你没有开口。

"那鬼像的肉身，究竟是怎么回事？"你问道。

守陵人回答："别急，我会告诉你的。"

"我还有个问题，故事里没讲明白。"你说，"那个活人，是怎么活下来的？"

蒲州鬼棺

守陵人听到这个问题，好像有些愣住。

他很快回过神来，扯了扯雨衣的帽檐："不重要。"

你也就不再追问，点点头。

"接下来的墓是什么？"

守陵人带你走到隔壁，第三座墓碑上写着：书生之墓。

但奇怪的是，墓碑上没有生卒年份、姓名尊号或是祖籍属地，除了这四个字，一片空白。

"书生？"你有些疑惑，"是一个人，还是一群书生？"

"一个人。"守陵人回答。

"为什么没有名字，只有书生这两个字？"

守陵人没有直接回答，而是微微抬头，开始讲述下一个故事。

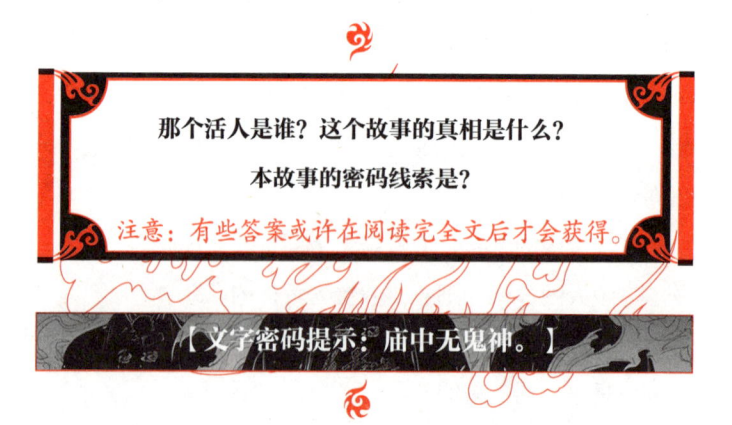

那个活人是谁？这个故事的真相是什么？
本故事的密码线索是？

注意：有些答案或许在阅读完全文后才会获得。

【文字密码提示：庙中无鬼神。】

孟婆汤引

这世间,或许万物都有起源,唯有「情」这个字,没有缘由吧。

孟婆汤引

1

赵婉失忆了。

她是京城赵家的二小姐。赵家倒不是皇亲国戚，但是祖上世代为官，到了这一代，赵大人也深受皇上器重。

赵婉自小长相精致，锦衣玉食，识得四书五经，熟谙礼仪，是名副其实的大家闺秀。这样的小姐，按理来说，没有其他烦恼，只需每日收拾干净，和婢女玩耍，到了年龄，便有各家公子上门提亲，父母挑个能入眼的，嫁过去便好。

可近些日子，赵婉开始不记得事情，像是魔怔了一般。

清早在自家闺房醒来，时间忽然便成了下午，来到街头，两边有小商贩叫卖，还有官差巡游，至于她如何来到此处、为何而来，全部不记得；又或是明明在梳妆打扮，下一刻已经坐在后院。

似乎有人将她的生活悄悄拎出几段来，随手扔掉，再也找不见了。

她想自己大约是中了邪。

赵婉听过类似事情，有人会逐渐开始忘事，什么样的郎中来了都治不了。但是通常那些人都上了年纪，她还不到十八，怎会有如此状况？

父母听了此事，马不停蹄找了京城名医来治疗，却不见效果，于是改成找人来作法驱邪，寻了各处山上的道士和尚。可在赵婉看来，不过是些江湖骗子罢了，收了钱，摆上些阵仗，并不起效。

大家都着急，但也无可奈何。直到这一日，赵府门口来了一个人——一名书生。

他倒没有自称书生，只是头戴儒冠，衣服款式素雅，背上还有一个竹筴，正是往来赶考书生的通常打扮。他风尘仆仆，显然是走了不少路，刚刚来到京城。

赵府下人见了，立刻就要将他赶走——通常这类书生来了，不外乎是赶路赶久了，身上没有干粮和盘缠，想要来城里的大户人家讨要些食物或者住宿。

可书生没有走。

下人见对方执拗，只能拿些米饼，想要打发走对方，可书生仍然没有离开的意思。

"近来府上可有怪异之事？"书生问道。他的声音温柔，没有波澜，不疾不徐，似乎对一切都提不起兴趣。

"瞎说什么呢？快走快走！"下人不耐烦地挥手赶人。

赵婉失忆一事，除了她的父母兄姐和亲近的奴婢，其余仆人其实都没被告知，怕传出闲话。底下人虽有所耳闻，但不知具体事况，只能私下议论，绝不敢摆在明面上说。

书生面色如常，他抬头眺望远处，再次发问："你看不到那里吗？"

下人也转头望去，那里只是蓝天，有枝叶摇晃。

"那里有什么？"下人问。

书上缓缓说道："妖气。"

下人先是一愣，随后气不打一处来："你是不是在咒我们赵府？！"

说着，他打算无论如何都要把书生推出去。

就在双手要推到书生的刹那，书生忽然侧身闪过，毫不费力。

下人见一击不中，愈发用力，手脚并用，想要击中书生，却没有碰到他分毫。对方灵活得完全不似一个读书人，更像是懂得武功的江湖侠士。

下人怒上心头，抄起旁边的扫帚当作长枪，在前方划过一道圆弧，像在横扫千军。书生却不慌忙，身体后仰，躲过扫荡，同时左手轻拍背上竹笈。

一柄短剑从中飞出，好像有了灵魂，自动落在书生手上。书生上身一拧，又是一转，便来到下人背后。

轻轻伸手，短剑已经架在对方的脖子上。下人出了一身冷汗，不敢再动，握着扫帚，像是雕塑般站定。

"快住手！"一名女子的声音传来。

书生看去，只见赵婉带着贴身丫鬟来到府门，大概是听到了吵闹声，于是出来瞧瞧。

"放心，这剑没有开刃。"书生说着，收起短剑。

下人瘫倒在地，连滚带爬来到赵婉脚下，连哭带骂，控诉书生的凶残行为。赵婉只得先让他离开。

待下人走后，赵婉才重新看向书生，欠身行礼道歉后，她问道："你说我们府上有妖气？你不是进京赶考的学子吗，怎还知晓妖邪一事？"

"小生并非学子。"书生摇头，"在下浪迹尘世，无所寄托，平生最大的兴趣，便是降妖除魔。今日恰巧路过此地，发现府上黑气弥漫，有妖邪作祟，想来定有坏事发生，于是前来问询，希望能尽绵薄之力。"

赵婉有些狐疑，如果说真有妖物盘踞在此处，那定然跟自己失忆之事有关。只不过平常来除魔之人，哪个不是得道高僧，或是道家长老，都是须发皆白、仙风道骨，连他们都没有办法，眼前之人不过二十出头，怎么看都不靠谱。或许是听到了关于她的消息，想着来招摇撞骗，摸些钱财回去？

067

可看他刚才的身手，似乎又确有本事，不像是行骗之徒。赵婉犹豫再三，还是将书生请入府内。

死马当活马医，治不好要不了性命，顶多损失些钱财，倒不是大事。

赵婉带书生向客房走去。一路上，大致讲了近日种种异状。

听得差不多了，书生停下脚步："频繁忘记事物……小生确实是头一回见，但之前有所耳闻。"

赵婉也一同停下："小师傅可知道解决办法？"

书生没有回答，而是反问："发生此种状况前，赵小姐可还遇到过哪些怪事？"

赵婉思索片刻，没有想起什么特别的事情，只能摇头："只是突然有一天，便开始忘记事情。而且不是从小事开始，一来就是大段大段地忘记，会失去半天，甚至好几天的记忆。"

"还记得第一次忘事的情形吗？"书生问。

赵婉还是摇头，但旁边的婢女答话："应当是半年前了。这么想来，当时小姐的行为，确实有点异常。"

"详细说说。"书生道。

丫鬟看了一眼赵婉，见对方没有阻拦，便继续说道："那几日小姐魂不守舍的，没事就看着远处发呆，眼里也没有神儿，奴婢去叫她，得叫上好几声才有回应。后来有一天，小姐忽然开始大哭不止。"

"我大哭？"赵婉似乎记不清楚。

丫鬟点头："这一哭就止不住，哭得天昏地暗，怕是要把身体里的水都哭干了。老爷夫人来询问，小姐也不接见。奴婢自然也不知道理由，只能和老爷一同守在门外。当时小姐整整有……三四天没有出门，要不是晚上还会亮灯，知道小姐没有做傻事，影子还在动弹，老爷早就派人破门冲进去了。"

赵婉看起来很是诧异："这些我都不记得了。"

"是啊。后来有一天，小姐忽然重新出了门，红光满面，似乎前几日的情况没有发生过一般。奴婢询问，小姐却以为还在几天前呢，对中间的时日完全没有印象了。"丫鬟说道，"这便是小姐的第一次失忆。"

"确实古怪。"书生听完，眼睑半遮，陷入沉默。

丫鬟还想要说话，却被赵婉制止了。她看出书生似乎在思考，此时还是不要打扰为好。

片刻后，书生再次开口："近些日子，除了赵小姐身上异样，可还有其他奇怪之处？特别是……"

"特别是什么？"赵婉问。

"府上可有新的动物进入？"

"动物？"赵婉低头思索，"家里有只大黄狗，但那是从小养起的。池塘里还有些鲤鱼。除此以外，似乎没有其他兽类了。"

"啊！"丫鬟突然怪叫一声，像是想起了什么。

赵婉轻拍一下丫鬟的肩膀："说话就说话，不要一惊一乍的。"

丫鬟道:"小姐,府上最近不是来了一只猫吗?只是这猫,无人见过。"

书生眉头微动,似乎来了兴趣:"既然无人见过,又如何知道多了只猫?"

"大家只听到过猫叫。"丫鬟道,"叫声不知从何处传来,频频变化移动,一会儿在门口,一会儿又到了后院,可至今没人真正看见过它。"

丫鬟说完,书生忽然感觉到背后的短剑不安分起来,略微晃动。

他不再问询,重新向前走去,只是原本没有表情的脸上,生出一丝笑意来。

"猫妖吗?"

到了夜里,赵婉看着书生在房间中布置阵法。

这里是赵婉的闺房,赵婉本来想叫上丫鬟的,被书生阻止了,说房里最好不要出现第三个人,现在气场干净,方便他找出妖物。

半夜三更,孤男寡女独处一室,完全不合乎礼仪,丫鬟自然不同意,觉得书生图谋不轨。但是赵婉还是答应下来了,让丫鬟在外面等着,遇见什么奇怪事情了,再去找人帮忙。

书生将竹笈放在地上："赵小姐，可否帮在下找几根蜡烛？"

赵婉有些疑惑："师傅需要什么样的蜡烛？"

"只要是蜡烛，还能点燃的，就可以了。"

寻常人降妖除魔，谁不是自带道具，还没见过就地取材，向主人家要的。赵婉心中疑惑更甚，却只能照做，从房里拿来几根崭新的红烛。

书生接过蜡烛，将它们一一点燃，分别摆放在窗口、门口、床边、妆台以及地面上，然后从竹笈中拿出一根红线。

赵婉本以为只有短短一截，想不到书生越抽越多，等全部拿出来时，得有十几丈长，上面每隔一段距离，都挂了一个铃铛，黄铜制成，小巧玲珑。

"此为何物？"赵婉好奇问道。

"如你所见，红绳和铃铛罢了，没什么特别。"书生回答。

书生捏住绳子的一头，不知用什么方法，黏在了窗口的蜡烛边上，然后拉向其他蜡烛。红线绷得笔直，在书生的行动下，逐渐交错叠加，勾勒成一个奇怪图案来。房间逐渐拥挤，此刻想在里面行走，得弯腰抬腿，才能避开这根线。

赵婉觉得哪里不太对劲，却一时又分辨不出，直到后来才恍然大悟——无论书生如何移动红绳，上面的铃铛都没有发出声音。

"这铃铛是坏了吗？"赵婉下意识拨弄其中一个。

铃铛有些重，还会摇晃，只是动起来的确没有声响。

"你会听到的。"书生道。

等布置完毕，书生让赵婉走到图案最中央。

"盘腿坐下。"书生道。

赵婉不明白，但还是照做了。

书生又从衣服中掏出一纸黄符，贴在赵婉面前。赵婉看去，上面画了些奇怪符号，她都不认识。

"你原来是道家？"赵婉问道。一般只有道门中人才会使用类似的符纸。

书生却摇头："我没有师承，并非道家佛家，只是江湖走多了，哪里的法术都学过一些。"

"那师傅能告诉我，究竟要做何法事吗？这又是何阵法？"

书生回道："根据在下的经验，是有妖怪混在了府内。通常的小妖以吸食人的精气为生，被吸食精气者，面容苍白，萎靡不振；那些有了点修为的妖物，会吸食人的生命，被看中之人，年纪轻轻便白发苍苍，不久就会撒手人寰。但是还有一种妖，这类妖物小生只是听说，不曾见过——它们吸食人的过去。"

赵婉听得发怔："过去？"

"便是那些曾经发生过的事，一旦被它们吸食了，你便不再记得了。这正是赵小姐你的症状。"

"原来如此……"

"只是这种妖怪十分少见，而且通常潜藏于黑暗之中，找不到位置。小生这才设下此阵，用以将妖物引诱而出。"

说完，书生让赵婉将手放在蜡烛的火焰上。

"这又是为何？"赵婉问。

"让你的味道散发出去。"

"散发去哪儿？"

书生微微一笑，忽然吹灭了蜡烛。

"自然是送出去，让猫妖闻一闻。"

蜡烛熄灭的一瞬间，黄符竟然自动燃烧起来，很快烧没了。紧接着，房间里起了风，呼呼吹着，有一丝阴冷，可是明明门窗都已经关紧了。

风……是从哪来的？

赵婉抬头，发现所有蜡烛的火焰开始摇曳，然后房间里突兀响起许多金属敲击的声音。

清脆，连绵不绝。

书生眼神凌然："来了。"

一个接一个铃铛快速摇晃起来，由远及近，有股气息从四周向中心冲来，带动整根红绳上下翻飞，好像有只看不见的手在用力摇动，要不是书生绑得结实，这绳子恐怕早就松垮，掉落在地了。

"谁来了？"赵婉脸色惨白。

回答她的，是一声嘹亮的猫叫。

"你家的猫。"书生道。

孟婆汤引

　　赵婉已经完全陷入惊慌中，毕竟她之前还从未有过这样瘆人的经历。此时她才确信，眼前的书生绝不是一个沽名钓誉之徒，而是个有实在本事的高人。

　　猫叫声此起彼伏，从房间的四面八方传来，越发惨烈，可是赵婉向四处看去，都没有看到猫的身影。

　　"它在哪儿？"赵婉问。

　　"你的头顶。"书生道。

　　听见这几个字，赵婉下意识抬头。她正上方的顶棚一片漆黑，烛光都无法打亮，好像所有光芒都被吞噬了。

　　黑暗中，有两个黄色的圆形晃动，时有时无。

　　猫的眼睛！

　　见赵婉发现了自己，那黄色从天而降。

　　进入光亮中，赵婉才看清它的全貌——一只黑猫。

　　黑猫伸长爪子，朝赵婉扑来，嘴巴大张，凄厉的猫叫声正是从它的嘴里发出。赵婉想躲，可是双腿像是灌了铅，沉重无力，只能眼睁睁看着黑猫即将落在自己的脸上。

　　说时迟那时快，书生握住身边的红绳，猛然向上一扔。绳子本来僵硬笔直，这时却柔软了，像是变成了蛇，扭曲缠绕，相互间的空隙逐渐缩小，直到最后几乎没有了。

　　红线织成一张大网，拦在赵婉头顶。

　　黑猫看见异样，摆动四肢想要抵抗，但是它身在半空，无处借力，只能结结实实落入了网中。触碰到黑猫的刹那，红网自动合上，团成一团，将黑猫完全包裹住了，落在地上。

赵婉看呆了，一句话也说不出。

那黑猫又挣扎几下，红绳却纹丝不动。它似乎放弃了，不再用力，趴在地面上不再动弹，慢慢闭上眼睛。

书生这才放松戒备，对猫妖说道："这绳子，我叫它捕灵绳。当年文广天尊传下来一件叫捆仙绳的法器，这么多年过去，早已断成了好几截，一直流落世间，它便是其中一截，我也是机缘巧合才得到。凭你的道行，挣脱不出的。"

书生说着，想上前查看，可还没走两步，黑猫再次猛然睁眼。

一股妖异气息扑面而来，而后，越过了书生。

书生眉头半挑，看向黑猫，发现它瘫软在地，好似失去了力气。

"怎么回事，刚才那是……"书生有些困惑。

咚——

一声撞击声在书生背后响起，他连忙转头，赵婉居然倒在了地上。

刚才的声音，大概是她的后脑勺撞到地面发出的响动。

"赵小姐！"

书生赶紧跑去，想将赵婉扶起。但是对方紧闭双眼，微张着嘴，仿佛睡着了一般，无论如何也叫不醒。

刚才那瞬间，究竟发生了什么？

书生突然想起自己这件道具的局限："这绳索能困住妖兽肉体，却困不住魂魄！"

想来，刚才黑猫料定自己无法逃脱，所以灵魂出体，以赵婉为目标，直接附在了她的身上。

"这猫妖似乎不能言语，也无法化成人形，不过区区几年的道行罢了，又怎么可能附身于他人？"书生喃喃自问。

他扒开赵婉的眼皮，眼珠子没有变色，看似平常。若猫妖真的附身，她的指甲应当会长出几倍来，变得锋利无比，书生又看了看这处地方，没有异变。

这类吸食过去的妖物，书生的确是第一次撞见，经验不足，但书生可以肯定，它的魂魄一定就在赵婉体内。

书生不敢怠慢，若是放任不管，恐怕赵婉会有性命之忧。他蹿回束缚猫妖的红网边，将上面的铃铛硬生生扯下来一个。

此种铃铛名为"妖寻"，有两种用法：

第一种，判妖。便是方才书生所用的，将其绑在绳上，可以判断附近妖物的踪迹，一旦有妖气接近，魂铃便会摇晃作响。

第二种，引妖。摇动铃铛，可以将使用者自己引向附近的妖物。

书生通常只用第一种，此法安全，只需做好应对，守株待兔便可，如同蜘蛛织完了网，等待飞虫落入网中。但此时，第一种显然已经派不上用处了，他必须使用第二种。

只见他以一种奇异的节奏摇动"妖寻"，由上至下，从右到左，循环往复。沉默的铃铛逐渐传出回响，以一种单调的节奏在房间里回荡。

下一刻，四周坍塌了，书生仿佛掉入一片混沌，天旋地转，而后又重新站到地面上。

黑夜消失，时间竟然重回白天。

这里仍旧是赵府，却是府中的后花园，两旁树木繁盛，庭院崭新，和书生早上所见的样式不尽相同。

眼前，一个总角之年的女孩儿正在院中玩耍，她的身后，年纪稍大些的丫鬟追着跑动。

"小姐，小姐你慢些！要是摔伤了，老爷又要责罚我们了！"

书生一眼便认出，那是幼时的赵婉。

原来，他来到赵婉的回忆之中了。

书生也未曾经过这般景象。

他看向手中的铃铛，既然"妖寻"带他来了，那妖物就一定也在这里。他又摸向怀中，发现自己的那柄短剑还在，这才稍稍放下心来。

只是那猫妖此刻在哪儿？

书生再次摇动铃铛，声音本来是向四周散开的，此刻却汇集了，指向一个方向。

那里是一棵树，枝繁叶茂，阳光投射下来，洒下一大片树荫。黑猫就坐在树荫当中，安然不动，好像它并不是妖猫，只是在昏暮时分，一只晒太阳的普通家猫罢了。

书生与它四目相对。这次妖物没有扑上来，书生也不敢轻举妄动，毕竟身处其他人的回忆中，自己作为外来者，一举一动，会有哪些后果，造成哪些涟漪，他一概不知。

幼年的赵婉忽然被石子绊倒，好在被人扶住了，没有脸着地摔落。

扶住她的是个男孩，看衣服，对方大概是赵府下人，比赵婉大不了几岁。

"小姐，你没事吧？"

男孩口齿不清晰，有些慌张，见赵婉站稳了，赶紧松开手站到一边，缩着头，不敢再靠近。

"嗯？"赵婉看向男孩，眼神好奇，"没见过你，你是新来的？"

男孩低垂着头："对。"

"你叫什么？"

"刘佳。"

下人这个身份也是代代相传的，父亲侍奉主子，儿子侍奉小姐，天经地义。眼前的刘佳大约是哪个管家的儿子，到了年纪，就自然而然被带进府中。

赵婉还要说话,但赵大人此时走进院子,朝几人跑来,似乎有些生气。幼年赵婉见了,扭头就要跑。

"爹爹肯定又要来责骂我了,说我不成体统,不像个大家小姐。我得去躲一躲他!"

赵婉说着,看向刘佳:"我之后再来找你玩!"

刘佳看着赵婉的背影,一时忘了动作。

刚好有风吹来,将树枝吹歪了,地上的阴影跟着移动,覆盖到了刘佳身上。他的神情,与那猫妖一模一样。

一瞬间,书生明白了。

他转头望向黑猫:"你是刘佳。"

如同"妖寻"有两种用法,妖物的形成,大致有两种缘由。

其一是动物成精。常见的像是狐妖,本来只是普通狐狸罢了,在某处得了机缘,有了成妖的机会,便开始修炼,先修身体,再修精魄,有了百年千年的道行,便成一方势力,再往上修行,甚至有成仙的可能。书生本以为这赵府猫妖也是如此,在别处成了妖,但是寻不见所需要的精气,所以来到此地。

其二,便是人类所幻。《左传》记载:"人无衅焉,妖不自作。人弃常则妖兴,故有妖。"妖不是无处生来的,是人失去了伦理纲常,才变作了妖。通常是人生前有了冤屈,或留有执念,不得清除,死后阴魂不散,终于成了妖。

书生看出黑猫属于第二种,是那名为刘佳的下人死后，附在了黑猫躯体里。也正是他，在吸食赵婉的记忆。

"刘佳，你为何执迷不悟，不愿转世投胎，而是祸害于世间？"书生质问，"你与赵小姐又有何仇怨？"

黑猫终于动了，转身向远处飞奔，书生连忙追去。

猫妖一跃而起，竟然直接飞至半空。它前爪划动，看似随意地扒拉，却在空中强行撕出一条口子来，像是裂隙，又或是用剪刀切开的纸张。

猫妖跳进那口子，书生脚下用力，身体也变轻了，赶在裂隙合拢前，跟了进去。

他跟着猫妖来到一片树林，似乎是赵家平常的打猎场地，赵大人正骑马搭箭。赵婉此时长大了些，偷偷躲在树后，张望着打猎的队伍。刘佳跟在她身后。

"小姐，我们回去吧，你还得回去上课！"刘佳小声说道，生怕被赵大人听见。

赵婉满不在乎："急什么，这马术箭术，驰骋田野，不比在家学些女红要有趣得多？"但他们的踪迹还是被赵大人发现了，两人像小鸡一样被侍卫拎出来。

"你们又来做什么？上次的教训还不够吗？"赵大人道。

赵婉没说话，刘佳先跪下来了。

"都是小人的错，是小人硬将大小姐拉出来的……"

刘佳一人担下了所有过错。其实本该如此，大小姐从来不会有错，总不能让主子惩罚自家闺女吧？错便错在下人丫鬟没看好她，得受责罚。

这时候，黑猫趁书生不注意，钻进了树林，一眨眼又找不见了。

"别逃了，你逃不掉的！"书生道。

他再次摇铃，忽然一股强大的吸力将他向地面扯，又扯回赵府。

此时正值花朝节，赵婉和丫鬟做了礼物，是用花瓣柳枝编的轿马，用来祭祀花神。满院子都是彩绣带，绑在树枝上。赵婉已经出落得真似个大小姐了，举手投足都带些贵气，不紧不慢，不像之前那般娇纵。

刘佳也是个大小伙子了，正踩着凳子，继续往树上绑更多彩带。可一不小心踩歪了，失去平衡摔下来，刚好摔在那细心编制的轿马上，将礼物压得变了形。

旁边的丫鬟惊叫，然后责骂起来：

"怎么这点小事都做不好！你知道小姐为了做这玩意儿，花了多少时日吗！你这一摔，咱们府上还怎么祭花神？真是个不长眼的东西！"

刘佳跪倒在地，连连磕头，都要磕出血来了。

书生心里隐隐有了猜测，或许是刘佳在赵府深受欺凌，含怒去世，心有不甘，才没能轮回转世。

那附身猫妖的缘由也简单，刘佳见不得赵府的人好，想要复仇，将赵府在他身上留下的伤痕和屈辱尽数奉还，而要将赵府上下搅得鸡犬不宁，就从自己跟随最久的赵婉开始。

黑猫还在逃。它突然来到一片空白之处，像是悬在半空，上下左右，空无一物，只有白色。

　　书生四下观看，左右两边的尽头似乎能看到些许景象，大概是在京城的街道上，只是到了某一处接口，街景便完全消失了。

　　书生立刻联想到赵婉的失忆，这片空白，恐怕就是被猫妖吸食掉的部分。

　　到了这里，猫妖竟然不再逃了，它转身面对书生，后背高高耸起，毛发倒立炸开，口中再次发出现实世界中的嘶吼。

　　两道影子从他身后蹿出，迅速扩大，很快便遮天蔽日，将这片白色填满。影子变成黑猫的样子，伸爪朝书生扑来，气势庞大，如同三座大山同时压来，让人喘不过气，仿佛下一刻就会被撕成碎片。

　　"终于不逃了吗？"书生的情绪却没有波澜，只是拿出怀中短剑，向前一扔，短剑就飘浮在了空中。

　　而后他将双手举到眼前，相互握拳，两手拇指并拢，食指前伸，其余三指交错卡住，成了摧伏诸魔印。

　　手印结成，短剑急速晃动。

　　"此剑名为'缘'，探孽缘，斩因果。只要我能知晓事件起因，剑身便能开刃，斩妖除魔。"书生道，"刘佳，你身上的'因'，便是赵家对你的不公。你受尽折磨，郁郁而死，小生同情。但这天底下之事，向来如此，向来不公，向来有王侯将相，路有饿殍。赵家小姐本身并无过错。你既然已经身死，还需断除邪念。"

书生说完,手臂向前,嘴里吐出一个字:"阵!"

可说完,短剑却仍旧一动不动,安静得如同一潭死水。

书生嘴唇抿紧,双手有些颤抖,他没料到事情会是这般发展。按理来说,手印配上口诀,除掉这只猫妖绰绰有余,为何此时不起作用了?

黑影已经冲到书生面前,将他团团围住。书生觉得自己像是撞到了一堵墙,眼前一黑,然后墙面成了水,灌满他的鼻腔,让他无法呼吸。紧接着他的四肢被捆起,像有四辆马车朝四个方向拉扯,施以车裂之刑,同时还有无数小针刺进皮肤,刺进五脏六腑。

一口鲜血从他的嘴里吐出,红到发黑。

"缘"没有动静。它没有开刃,那就说明——

"因",错了。

4

书生被黑影包裹着下坠,疼痛反倒让他清醒。

他猜错了,刘佳成为猫妖,并非源自对赵家的仇恨。他需要找到源头,找到真正的因,才能让"缘"斩断因果。

那还能因为什么?他又该去何处寻找?刘佳是如何死去的?

当这些问题蹦出来时,书生察觉到,也许知晓这些问题的答案，才能理解黑猫背后真正的故事。

他费尽全力将短剑收回，紧握在手，又从不知何处拿出一炷香来。只是这香和寻常的香有所不同，它很短，短到几乎刚点着便会立刻熄灭。

书生将短剑横亘在香的顶端，他的喉咙已经被堵死了，张开嘴便更难呼吸，但是他满脸通红，仍旧努力喊出一个字：

"临！"

香被点燃了，瞬间，黑影退散。

"此香能护我周全，却只能燃烧不到半刻。"书生心中默道。他必须在这短暂的时间内，找到刘佳死去的过往。

书生开始奔走，穿梭于赵婉的回忆之间。

猫妖本来不断逃跑，显然是觉得自己并非书生的对手，到实在无处可逃了，才决定殊死一搏。想不到这书生模样之人雷声大雨点小，似乎没什么真本事，对决之中落入下风。此刻的猫妖大概有了许多自信，开始对书生紧追不舍。

无数场景在书生眼前掠过，从赵婉的幼年到现在，再回到幼年，甚至是刚出生啼哭的时刻，书生手上的香也愈来愈短。

这是一场赌博，若是赵婉并没有见到刘佳死去，或者那段记忆已经被猫妖吸食，书生便别无他法，只能任之宰割。

还好,他赌赢了。

书生来到一条河边,刚好撞见刘佳落入河内。天空正落着细雨,四周寒气逼人,大概是早春时节。

书生认得这条河,他刚来京城时见过,是城外的东三里河,河水开阔湍急,两岸离得远,还有一定高度,若有人意外落水,没人帮扶一下,即便是会水的,一时半会儿也上不来岸。

刘佳在水流中挣扎,看起来水性平平,连连呛水。赵婉和丫鬟站在岸边,赵婉的脸上满是焦急,就要下水救人,被丫鬟牢牢抓住。

"小姐,你别下去!你也不会水!这岸太高了,下去就上不来了!"

"那快叫人啊!"

"这荒郊野外,不是在城中,哪来的人?"

"找根木棒!快些,刘佳要沉下去了!"

"小姐,你救不了他了!"

"如何救不了?"

赵婉还想跳下去,但力气太小,始终挣脱不了丫鬟,只能眼睁睁看着刘佳顺着河水漂走。

"往下游走,小姐。"丫鬟道,"过些路程,那里的岸低,水也没那么急,如果刘佳能撑住,顺着水漂到那里,说不定我们能把他拉上来!"

"听到没有?刘佳!我们在下游等你!"赵婉喊道。

原来是这天赵婉起了兴致,偷摸要溜出赵府玩,丫鬟

085

和刘佳拗不过，只能随她一同来了。

到了东三里河，三人走到岸边，刘佳自然而然走在最靠水的位置。或许是因为路面湿滑，也或者因为连续的雨天让河岸松了土，刘佳踩空了，落入水中。赵婉第一时间要帮忙，却还是没能及时抓住他。

书生跟着赵婉跑了许久，见她终于来到下游，就在岸边等着。丫鬟跑去找人，赵婉就独自淋着雨，蹲在那里，衣服被打湿透了，她冷得瑟瑟发抖。

她就这样等到黄昏，等到天黑，又等到天亮，等来了帮忙的随从，等来了赵大人和夫人，

却始终没有等来刘佳。

这段过去和书生想的完全不同，没有什么上等人对下人的欺凌责骂，没有误会压迫，而是一次完完全全的意外。

那刘佳到底有何执念？有何仇怨？

手里的香就要燃尽了……

黑猫再次回到书生旁边。黑影缠绕，只是现在还近不得身，只等那香熄灭，它就能将书生碎尸万段。

书生合上眼，脑海里闪过刚才所有有关刘佳的画面——

他和赵婉的初次见面；他为赵婉替罪，赵婉坚决不同意，要护着他；他坐坏了赵婉做的轿马，赵婉也不责备，只是温柔地让他当心些……

连他死前看到的，也是一心一意，甚至不惜一同落水

也想来救他的赵婉，一个豁出性命想要救他一个低贱下人的大小姐……

或许在刘佳的眼里，从始至终，根本没有恨意。

香，灭了！

书生猛然睁眼，他明白了。

黑猫再次咆哮而来，书生也再次祭出短剑。

"刘佳，你的'因'，便是对赵婉的爱。你没有离去，仅仅是因为，你放不下她。"

书生结印，念诀，这一次，"缘"起，开刃。

短剑的剑身变长，转为黑色，像是被泼了墨，转眼便有一人多高，闪着寒光，然后开始变薄，再薄，直至两侧锋芒逼人。

书生拿起剑，向猫妖劈去，剑气所过之处，将影子一分为二，令其消失殆尽，连同赵婉的回忆也一分两半，最终穿透了黑猫。它绝望嘶吼，声音凄厉悲惨，满是痛苦。

只一剑，地裂天崩。这里突然什么都没有了，只剩下黑猫和书生。

世界重新陷入寂静。

书生松手，"缘"变回短剑模样，飞回他的怀中。

远处，黑猫侧躺在地面上，一动不动，一条伤口从它的头顶开始蔓延，来到脚掌，却没有血液渗出。

书生走到它的身边："我没有杀你。"

黑猫还活着，它缓缓睁眼，看向书生。

它的毛发开始脱落，全身舒展，四肢张开，重新有了

孟婆汤引

手指，脸上的五官也悉数回归——

它变回了刘佳。

刘佳开口说话了，声音沙哑，似乎还没有习惯人类的嗓音："我……变回人了？"

书生道："小生压住了你身上的妖气，只能持续一炷香的时间，时间一到，你会重新变为猫妖。到那时，小生再决定，要不要让你彻底消失。"

"为何如此大费周章？你本可以直接灭了我。"

"小生只斩妖邪恶鬼，但你不是。"书生道，"所以我想听听你的故事。既然你对赵家小姐并无恶意，你又为何要吸食她的过往？"

刘佳偏过头去，视线离开书生，努力挤出一丝笑容，却更像是哭："真是多管闲事。"

"很多人都这样说过小生。"书生回应。

刘佳沉默片刻，终于还是开口了："我并非吸食过往的妖。这消除记性的法子，是我找别人学的。"

"妖，学术法？"书生有些吃惊。

"我用自己的道行找一个老天师所换，他也是看我可怜，才愿意教我一招半式。"刘佳道，"此法名为孟婆汤引，中术人如饮孟婆之汤，得以忘却尘世哀怨。不过小姐的过往没有消失，我只是将它们掩藏起来了。"

说话间，四周的景色再度变换。赵婉回到赵府，独自坐在亭院内，只是看着远处发呆。

刘佳道："我从小侍奉小姐，不知何时，早已产生情慌，每日梦中都是她的一颦一笑。但我又怎敢造次？下人和小姐本就有天壤之别，所以我从不奢望她能对我有相同的感情，只是默默侍奉。

"当时我被水流冲走，也不知冲到了何处。因为始终没有找到我的尸首，府上便没有埋我。我的魂魄在荒郊野外游荡，脑袋不清醒，也不知道要去向何处，但我始终想着再去见小姐一面。靠着这个念头，我竟然真就找到了回赵府的路。

"只是我能看见小姐，小姐却看不见我。但那也没有大碍，能见着小姐，我便高兴。可我总不能一直在天上飘着，我见赵府附近有只黑猫，大概是找不到吃的，饿死了，便附着于它，偷偷望着小姐，如果她受欺负了，我便施展妖力，帮她出个气。但是我的妖力薄弱，顶多只是吓唬吓唬别人，没什么实际伤害。如果能一直过这样的日子倒也不错，直到那天……"

说到此处，刘佳停顿片刻，轻轻叹气，才接着说道：

"那天，小姐遇见了他。"

不知何时，书生和刘佳站在京城的街道口，这里客商百姓往来，行色匆匆，摩肩接踵。

书生认出来了，这是刚才空白的区域，也就是赵婉那段被吸食的回忆。

"遇见了谁？"书生问。

"我将这些过往重新放出，你一看便知。"刘佳道。

记忆中，赵婉带着丫鬟从远处走来，边走边逛。远处的房檐上，刘佳化成的黑猫跟着两人一同走着。

话音未落，一匹受惊的马在街上飞奔而来，冲撞到了不少人，又笔直跑向赵婉。

丫鬟和赵婉都害怕起来，左右闪躲。可是这街道本就不宽敞，此时又满是受了惊吓的路人，所有人挤在一起，让赵婉她们没地方躲避。

要是被这马撞到了，以赵婉和丫鬟的身子骨，非死即伤。

黑猫也见着了，立刻弓起背，想要施展妖法。只是此时刘佳成妖不久，法力太弱，根本无法阻止马匹。

眼见马蹄就要踏上来，一名男子从人群中挤出，一把拉过赵婉，救下她的性命。

赵婉瞧去，那男子大概二十的年纪，穿着华丽，面容清秀，气质非凡，实在是个翩翩公子。

"他是谁？"书生问。

"李文，李家最小的公子，当朝宰相那个李家。"

赵婉和李文对视许久，才分开视线。显然，两人年龄相似，郎才女貌，只第一面，便互相有了好感。

"之后小姐便与李文有了交情，两人日日同行，出街游玩，我能看出来，小姐一定是喜欢上了这家公子。可是两人你未嫁我未娶，小姐一个大家闺秀，整日与一个男人厮混，成何体统？因此，两人只能偷偷相会。除了我，恐怕没有其他人知晓了，只不过……"

书生身边出现赵婉与李文出行的画面，两人躲着其他人的视线，各处游玩。本来还隔着些许距离，走着走着，便越来越近，挨在一块儿。

"只不过？"书生问道。

"这京城中人，谁不知道李文他不是个好东西？！"

"李文有何问题？"

"他整日不做正事，流连青楼，花钱大手大脚，也没人敢管他。仗着自己样貌英俊、底蕴深厚，不知祸害了多少良家女子！平日遇见哪家小姐了，便说些好话，让对方心满意足，可玩腻了，便随手扔掉，不再联系！"

"赵小姐可知道此事？"

"小姐自然是听过传闻的，只是她坚信，那是因为李文在之前没有遇见好人家。现在他俩两情相悦，李文一定能浪子回头，娶她过门。"

"倒是天真。"书生道。

刘佳没有反驳："我在一旁看着，甚至总能看见李文和小姐分开后，转身便进了青楼，或是私会另一家小姐去了。但我不通人言，没法提醒小姐。我也想过捉弄一下李文，可一想到若是李文受了伤，小姐恐怕也会伤心，便下不了手。"

"这和你掩盖她的过往，又有何联系？"书生问。

"李文终究是……腻了。"刘佳叹息，"不想再见小姐了，要断绝联系。小姐都哭成泪人了，跑回房间，难过得出不了门。"

书生想起丫鬟说的话，赵婉第一次失忆前，大哭了好几日："原来是那时候。"

刘佳点头："小姐实在难过，我却没法帮她。哭到后来，她甚至想要轻生！"

房间中的赵婉绑起一根白绫，悬在梁上，要将脖子套进去。幸好白绫断了，她摔在地面，没有出事。

"还好我阻止了，但这总不是个方法。如果小姐继续轻生，总有一天，我会来不及阻拦。我还在世时，听过有一门法子，能让人忘记事情，于是便想着……"

"抹除她所有关于李文的回忆。"

书生此时终于了解了，原来刘佳所做，只是为了护赵婉周全，所用方式颇为古怪，却也确实有用。

"可是赵小姐的失忆持续了好一段时日，这又是为何？难道删去所有关于李文的过去，还不够吗？"

"是够了。小姐失忆后，似乎又回到了从前，无忧无虑，只是这时日并不长久。"刘佳道，"小姐总要出门的，两人终归都在京城，家世相仿，能见上面的机会太多了。而小姐每一次见到李文那贼子，她都会……重新喜欢上他。"

书生没有接话，他对情爱之事不甚了解，无法感同身受，只能静静听着。

"明面上，两人本就不认识，所以李文彬彬有礼，总能讨得小姐欢心。实际上李文没有忘记小姐，而且每次见到她，就愈发厌恶起来。他并不知晓小姐已经忘记，只以为她死缠烂打。小姐私下偷偷找他，他从没有好脸色看，还言词羞辱，让小姐难堪。我真怕小姐难过了，再去寻死……"

书生道："所以你每次都会抹掉些记忆，赵小姐见上一次李文，你便用一次术法，久而久之，就让他人以为是患了病。"

刘佳默默点头。

至此，书生总算了解事件的全貌了。

"你为何不将李文的记忆也驱走了，让他也忘了赵小姐？"书生问。

"要让他们重新相识相知，让李文重新抛弃小姐，然后小姐再去寻死吗？"刘佳连连摇头。

书生没再说什么，换作是他，或许就放下了。他会让赵婉去见一次李文，让她难过，然后自己走过这个槛。情伤本就是世人最重要的劫难之一，个人自有定数，也许哪天，她便自己走出来了。可如果持续遗忘，便只会陷在这劫难中，永远不得逃离。

只是刘佳肯定不会放弃，他已然陷入执念，只想用自己的方式，一次次保护赵婉。书生见过许多妖物，都如他这般执拗，或许这便是妖与人的区别。

但书生总得做些什么，既然已经到了这般地步，他便需让此事有个了结。

他不愿直接驱除刘佳，毕竟对方终究没有恶意，可赵婉也不能一直失忆下去。

"你问过赵小姐吗？"书生突然问。

刘佳一愣，他不明白这个问题。

"你有没有问过她，她想要遗忘吗？"

"她都要寻死了！"

"你既非她父母，又非皇命，你如何能替她做主？"

刘佳还想辩驳，可话到口中，又哽在咽喉，再也说不出来了。

书生一把拎起刘佳，踏出两步，怀中短剑将这片天地又切出一条沟壑来，书生走了进去。

他们回到了现实。

这里仍旧是赵婉的闺房，被红绳困住的黑猫睁开眼睛，一起睁眼的，还有赵婉。

"小师傅，我刚才是昏过去了吗？"赵婉问道。

书生让赵婉坐下，向她讲述了一切，没有提及那黑猫便是刘佳一事，只说妖物所吸食的记忆恰好有关李文罢了。

赵婉听得出了神，先是迷惘，而后狐疑，最终不可置信。书生给猫妖使了一个眼色，刘佳便明白了。

他抬爪，妖力释放，所有被掩盖的过往此刻浮现出来，如同涓涓溪水，流进赵婉眼中。

她都想起来了。

赵婉语无伦次起来，双手捂住脸，不知该作何反应：

"这都是……"

片刻后,她双手放下,已经泪流满面。

"这都是真的吗?"她声音颤抖,几乎说不出话来。

书生知道,她必须走过这一劫。

"赵小姐,解铃还须系铃人,此事究竟如何结束,还需你自己定夺。"书生道,"你是想要留存这些过往,还是继续忘记,迷迷糊糊,过上一辈子?"

赵婉紧咬嘴唇,指节因为用力而发白。

"亲眼所见,和回忆之中,大概还是有所区别的。我能亲自去看一眼吗?"

6

即便夜色已深,康乐门仍旧灯火通明。它是京城最负盛名的青楼,楼高四层,金碧辉煌,夜夜笙歌。楼廊外沿,站着许多穿着美丽的女子,化着浓重的妆,四处招呼客人。数不清的男人进去了,她们一拥而上,男人从中挑选一个,拿出银子,便搂着姑娘的腰,大摇大摆走开了。

楼外是一条河,泊着许多船只。有大船,也属于康乐门,上面有达官贵客,姑娘上船服侍;也有小船,多是渔船,空荡荡地浮在岸边。

书生此时站在其中一条小船上,身边正是赵婉和黑猫。

他们离康乐门有些距离,上面的事物看不真切。

孟婆汤引

　　书生拿出一片树叶，像是随手摘的，在赵婉眼上轻抚两下，再移开。赵婉的目光明亮起来，像是有了见微知著的本事，黑夜如同白昼，百米之外近在眼前。

　　于是她看见了康乐门楼上的景象，看见李文正和两个青楼女人拉扯着，三人欢声笑语。李文大概醉了，来了兴致，赋诗一首，却不是什么雅句，惹得姑娘娇羞。

　　赵婉就一直看着，连眼睛都没眨一下。

　　书生看向她："小姐还没下定决心吗？"

　　赵婉终于不看了，眼睑垂下来，微微颤动。她想了许久，久到楼上的灯都灭去几盏，久到月亮都移了位置。

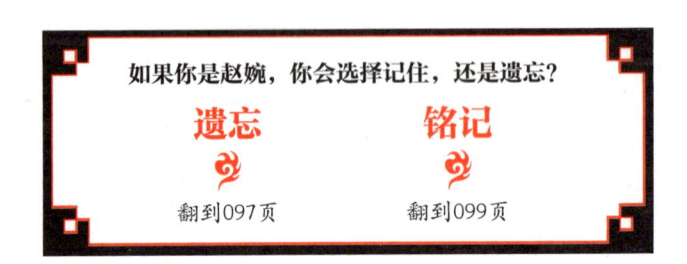

如果你是赵婉，你会选择记住，还是遗忘？

遗忘　　　　　铭记

翻到097页　　翻到099页

096

结局1：遗忘

半晌，赵婉终于说道："小师傅，我想忘记。"

书生不懂："又是何苦？"

"忘记了，便还有希望。"赵婉道，"忘记的话，每次重新见到他，我还能觉得，他或许也会喜欢上我，而不是像现在，明知不可能，只能自顾自地心痛。"

"见了他这副模样，你仍旧放不下？"书生问。

"这世间，或许万物都有起源，唯有'情'这个字，没有缘由吧。"

赵婉说完，轻轻合上眼睛。她本会流泪的，但是真的流完了，流干了，再也流不出一滴来了。她没了气力，缓缓倾倒在船头，睡着了。

书生只是摇头："我不明白。"

但是既然赵婉决定如此，便只能由着她去了。

接下来，猫妖继续留在赵府，继续看着自家小姐一次次遇见李文，而赵婉又会一次又一次爱上这个薄情郎，之后猫妖也会一遍遍施法，让她忘却，只为让她从头来过。

他们成了一个死结，永远也解不开。

书生不想再多事，就要离开。

猫妖却在这时开口了："其实，你应当明白的。"

"为何这么说？"书生停住脚步。

"你自称小生，小姐叫你小师傅，刚才府上的丫鬟又叫你书生。"

孟婆汤引

"那又如何？"

"你的姓名是什么？"

"小生名叫……"书生忽然怔住了，他努力回忆自己的名字，却发现，他不记得了。

"你知道你的铃铛的名字，你也知道你的短剑的名字，那你自己的名字，究竟是什么？"

书生只是张着嘴，却再也说不出话。

是啊，他姓甚名谁？他家住何方？他从哪儿来要到哪儿去？

他到底是谁？

他都忘了。

猫妖轻声叹气，说道："所以啊，你应当明白的。"

继续阅读　　翻到101页

结局2：铭记

半晌，赵婉终于说道："小师傅，我不想忘记。"

黑猫低下头去，似乎失去了希冀。

刘佳似乎已经瞧见了几天后的赵婉，她依旧沉寂在哀伤之中，夜不能寐，等到她终于受不住了，拿出曾经的那根白绫，轻轻绕在自己的脖颈上。

自己终究无法阻止这一切吗？刘佳心里觉得恨，然后是无力。

如果不忘记，便会重蹈覆辙。

书生听到黑猫说："小姐，你这是何苦？"

只是赵婉听不见。

一滴泪水落下，划过赵婉的脸，被她用力擦去。

她忽然转向书生："小师傅，你也无须担心，我不会再做出自缢那愚笨之事了。"

书生有些诧异，他从赵婉的眼中看出，对方似乎真的下定了决心。

"赵小姐，突然想开了吗？"书生问。

"倒也算不上想开。"赵婉答道，"只是当局者迷，旁观者清。如果忘记，我便只能继续陷在他设下的痴情局中。此时终于跳脱出来，知晓发生的一切，我方能看清，我究竟有多无知，才会对如此一个男人执迷不悟。"

黑猫没有想到赵婉会说出这番话来，着实兴奋起来："是啊，小姐本就和别家小姐不同，是个潇洒的人儿

099

啊！"

可随即又重新趴下："怪我，如果我没有持续抹除她的过去，或许她早就放下了。"

书生抚摸黑猫的脊背，表示这并非他的过错。

"这猫是赵小姐家的，还是由你继续养着吧。"书生将刘佳递过去。

赵婉接过，道谢。

她还想让书生回赵府，想设宴好好款待一番，但书生拒绝了，他并不喜爱那般热闹，赵婉只能离开。

离去之际，赵婉忽地转过身来："真是失礼，叫了你这么久小师傅，还不知到底该如何称呼。"

"小生名叫……"

书生忽然怔住了，他努力回忆自己的名字，却发现，他不记得了。

猫妖在一旁打趣道："你知道你的铃铛的名字，你也知道你的短剑的名字，就是不记得自己的名字了吗？"

书生只是张着嘴，却再也说不出话。

是啊，他姓甚名谁？他家住何方？他从哪儿来要到哪儿去？

他到底是谁？

他都忘了。

继续阅读　　翻到101页

7

　　守陵人不再叙述，第三个故事到此结束。

　　结束得有些突兀，这让你疑惑起来。

　　"我没有明白，书生为什么不知道他自己的名字？"你问。

　　"大概也是忘了。就像赵婉的失忆，书生在从前的某一刻，选择忘记真正的自己，以一个'书生'的身份活下去而已。"守陵人说。

　　你重新看向墓碑，怪不得上面没有姓名，也没有生卒年月，只有"书生"二字。

　　"他为什么要这么做？"

　　你觉得这个故事讲完了，也没有讲完，只是戛然而止，你甚至有些迫不及待地想知道书生的故事，他的从前究竟发生了什么。

　　"这个故事结束了，至于你的疑问……"守陵人说道，"听听之后的故事吧，或许到时候，你能知道答案。"

　　你已经不需要守陵人带路了，自己走向下一座墓碑。

　　这座墓碑比前几个都要新一些，只不过还是显得破旧，墓碑上写着：沈七之墓。

　　除了这四个字，上面还刻了其他图案，看起来像是某种密码，也可能是文字，但你辨认不出究竟是哪国语言，只觉得像是小孩儿的乱涂乱画，却自成一体。

猫妖最后说的那句话是什么意思？书生又是谁？

本故事的密码线索是？

注意：有些答案或许在阅读完全文后才会获得。

【文字密码提示：众生皆怀有。】

沈七谨启

等你去了外面，就知道了，你得自己去看。

沈七谨启

　　岩头村的规矩：想出村，需要菩萨恩准。这是老祖宗留下来的说法。

　　村庄四面环山，像个大脸盆子，使劲往底下凹，村子就安在"脸盆"的正中央，总共几十户人家，世世代代都住在这里。村里头自给自足，每户能分到一些田地，种些粮食，稍微富裕的家庭会养猪驴，它们能干活，能生崽，也能杀了吃肉。

　　村子最东边有座庙，虽然看外表也是草屋土墙，和其他屋子并无二样，但是里面摆了菩萨像，就成了庙。

　　菩萨像是用泥做的，几尺高，顶着茅草搭起来的屋顶，脚底下摆了供奉的食物，以自家种的粮食为主，还有烧肉。

除此以外，还有两个杯筊。

杯筊是用木头做的，被刷成暗红色，月牙形状，一面平坦，一面凸起，像个蚌壳。平坦那面为"阳"，凸起面为"阴"。

杯筊的作用，便是沟通菩萨，以获得恩准。仪式由村长主持，杯筊也是他亲手做的。

村里人到了十五岁，就算成年，得来到庙里，跪在菩萨面前。村长记下那人的生辰八字，对着菩萨一通解释，说此人到了年纪，问是否能出村，到外面闯荡。问到此处，村民还要磕上几个响头。

而后村长拿香，也双手合十参拜，在菩萨面前走上两圈，将香插在地面上。

下一步，也是最重要的，是投掷杯筊。将两个杯筊同时往空中一扔，看落地后哪面朝上来判断吉凶。

吉卦应当是一阴一阳的，即平坦和凸起各有一面朝上。杯筊需连扔三次，如果每次都是一阴一阳，那就代表菩萨答应了，那个村民，便有了出村资格。

只是距离上一个获得准许之人，已经过去几十年了，现在村里的所有人，都没法出去。

有人想过偷偷溜走，可上了年纪的人都说，那一定会遭受责罚。

上一个从村里偷跑的人叫阿柱。大概是二十年前，有

105

沈七谨启

一天半夜他上了山，第二天就回来了，只是受了很重的伤，全身赤裸，遍布划痕，可能是从哪里滚落下来。不光如此，他的眼睛也瞎了，像是被什么东西贯穿，汩汩流血。

村里人问他发生了什么事情。他只是张嘴，喉咙发出凄凉声音，却连不成句子，没人能明白他究竟想说什么。

阿柱在家里躺了两天，最后得了疯病，也不能说话了，落得一副痴傻模样。人们都说是阿柱触犯了菩萨，受了罪责。

阿柱的爹娘上了年纪，没过多久相继去世了，留下阿柱，没办法过活。还好村长心善，将他收下，有个照顾。

村长在村里年纪最大，顶有威信，所有人见了他都是恭恭敬敬的。哪家有了难处，村长一定会帮衬；谁家有了纷争，都得找老村长主持公道。可以说，村长一声令下，村里的人没有不服气的。村长也处处替大家伙儿着想，换成古时候，就是地方父母官。

阿柱一事之后，再也没人提及要私自溜出去的事情了。好在岩头村的生活还算安逸，日出而作，日落而息，无病无灾，倒也过得舒坦。

但王何生不这么觉得，他想出去。

村里人都说王何生像一头倔驴。他自小在岩头村长大，和其他人一样，每日醒了，除了帮着爹娘种地，无所事事。只是不知道从哪儿遗传来的臭毛病，从小咋咋呼呼的，做事冲动，不考虑后果。

小时候，某次他看见有条黄狗从旁边山上下来，追着一个小孩。这种狗是野狗,脾气暴得很,村里大人好几次跟王何生说,见了这种野狗得躲远点,但王何生不管,拿着根细木棍就冲上去,要把它赶走。

后来俩小孩都被咬了,幸好没有后遗症。

王何生最好的朋友叫沈七。看名字就知道,他在家里排行第七。和王何生不一样,沈七从小就安静,做事情顾虑得多,想得也多,大人都夸他省心。

村子里就那么几个人,大家都玩得开,只是这两人同岁,家又住得近,关系更亲密些。

两人闲下来就到处跑,踢石子,绕着村子瞎逛,假意要蹿进周边的林子,被村里人骂得狗血淋头,耷拉着脑袋回家,和父母兄姐说些话,吃了饭,睡觉。

正常来说,他俩也会像自己的父母那样,在村子里长大,娶妻生子,生老病死,了却此生。

但是一件事,改变了他们。

王何生七岁那年,有个外人,走进了村子。那是一个三十来岁的男人,他穿着古怪,衣服样式没人见过。

村里人都是穿的普通布衣,贴了补丁、褪了色的那种。可男人的衣服纯黑,干净,格外板正,硬邦邦的,黑衣服里头还套了一件白色衣服,胸前竟然绑着一根宽布料,把脖子卡住,活像个吊死鬼。他的头发也奇怪,很短,都看见头皮了。要知道,身体发肤受之父母,村里人哪有敢剃头发的!

他的手上还提着一个黑色箱子。

沈七谨启

村里人都没见过外头的人，围上来凑热闹，像是在看从没见过的动物。

小孩子最喜欢这些新鲜事情，王何生和沈七自然不能错过，像是黄狗闻着肉味就跑来了。等他俩赶到的时候，男人的身边已经里三层外三层围了一大圈人，两人便拼命挤过去，想看得仔细些。

来了这么多人，也没人敢靠近，大家伙儿都害怕，倒是外来的男人镇定自若。

村长到底是承担了沟通的责任，上前询问他的来历。男人只是回答走错路了，要往北边走的，不知为何就来到了这里。

此时天已经快要黑了，走夜路肯定不安全，村长便找了间空屋子，让他暂住一晚，等天亮了再走。到时候，大家一拍两散，各自回到原来的正常日子。

到了晚上，各家各户早早入睡，但王何生却睡不着。他好奇心旺盛，总想着那个男人——为什么那个男人和村里人都不一样？

这个问题爬上王何生的心，像是有无数蚂蚁跑动，让他奇痒无比。

外面的世界到底是怎样的？

王何生坐起身，透过窗户，偷偷看向男人居住的屋子。他意外发现，那里有光。

男人还没睡。

王何生忽地产生一个大胆的想法：他想和男人聊聊。

要是让他爹娘知道了，肯定骂他不知好歹，不能让他去招惹对方，谁知道这人是好是坏？可王何生这倔驴脾气，谁能挡得住他？怕被打，王何生不敢惊醒爹妈，他蹑手蹑脚，随手拿上衣服，出了门。

男人所在的屋子格外亮堂，这让王何生觉得奇怪，似乎和平常的烛火光不尽相同。

王何生敲门，男人开了门。

"有什么事？"男人问道，语气平淡温柔，似乎是个和善的人。

王何生说出自己的来意。

男人听完，笑了笑，将他带进了屋。

一进屋，王何生便看见了一个奇怪的东西。

"那是啥？"王何生指向那发亮的器具。

"煤油灯。"男人说。

"灯？"王何生走过去，"灯不长这样！"

"那你说，灯长什么样？"

王何生其实没见过灯，村里平常用的都是蜡烛，但是村长和孩子们讲过，外面是有灯的，就是拿纸或是铜铁做成壳子，套在外面防风，又或者只是做个台子，反正都得往里头摆上蜡烛。

可是眼前的灯里根本没有蜡烛，灯的罩子也很怪，弯弯曲曲，是透明的。王何生敲了敲，发出清脆声响。

"这是玻璃。"男人笑着说。

"又是灯，又是玻璃，到底是个啥吗？"

沈七谨启

男人笑出了声，他没有解释，只是坐到地上，打开自己的黑箱子。里面居然还有一个箱子，好像是木头做的，方方正正的。箱子旁边摆着个铜制的器具，王何生实在是没见过，只觉得像一朵花。

男人将里面的物件拿出，又倾倒出一些零碎的东西，开始组装起来，很快它们就形成了一个整体。

王何生眼睛都看直了，大气不敢出，怕打扰了男人。

等全部组装完，男人握住旁边的一个小把手，开始转动。最诡异的事情发生了，歌声从那个铜花里传出来了。

一个女人的声音，在唱不知哪里的曲调，优美婉转。

"谁在唱歌？"王何生绕着那东西跑了一圈，没发现有其他人，"你藏了一个女人在里面？"

男人停手，歌声便也停了；男人转动，歌声才继续。

"这是留声机，能把声音留下来。"

那晚的其他事情，王何生记得没那么清了，只记得不停看着黑色圆盘转动，听着不知道哪来的歌声。

他询问男人外面的世界里，是不是还有更多这样的东西，男人却始终没有告诉他。

"说不完，也说不清楚。等你去了外面，就知道了，你得自己去看。"

王何生不知道自己是什么时候睡着的，他醒来时，天已经亮了，男人也已经走了。

那天，王何生做的第一件事，便是兴冲冲地找到沈七，对他说：

"我一定要出去！"

2

之后的日子，王何生和沈七做得最多的事，便是等待十五岁到来，以及幻想外面世界的模样。

他们躺在村头的土坡上，看着太阳落下。

"外头会有黑锄头。"王何生说。他现在觉得，东西就是得黑色的，才更厉害些。

"黑锄头能干吗？"沈七问。

"我一锄头下去，栗就长起来；我再锄一次，就丰收；第三锄，新的种子就自己种下去了。"

沈七觉得王何生的猜想无趣得很。

"天上应该有怪物，会飞，翅膀好大，展开的时候，你都看不见太阳。"

"要是有那怪物，为啥不飞到我们村子上头？"王何生质疑。

"我们村子那么偏，怪物都不愿意来。"

两人总是这样有一搭没一搭地聊。

王何生说："我看那个男人的盒子上，还画了画。"

沈七问："啥画？"

王何生坐起身："像是字。"

村里没人识字，但大家当然都知道有读书这回事。村里本来是有书的，只是后来都不知道扔哪儿去了。村长

沈七谨启

说，外面的人都认识字。

"如果我们要出去，我们也得认识字。"王何生似乎很确信。

"村里又没有教书先生，你咋个认字？"沈七记得，他爹说过，教书先生就是专门教人认字的。

"我不是见过吗？"

王何生捡了块石头，凭借记忆，将盒子上的画拓到沙地上。

"就算你见过，你知道它的意思吗？"沈七不屑一顾。

"这是唱歌的意思！"

"只知道这一个，也没啥子用啊！"

"那我多画几个。"

王何生说着，模仿第一幅画，又写了好几个他自以为的"字"，然后给每个字附上意思，像是盒子、衣服、头发……

沈七摇头："这都是你瞎编的。"

"哎呀，能认得就好。"

王何生就这样开始了他的创作，每天醒来，他都会写几个新字，强迫自己记住。沈七开始只觉得胡闹，后来也感兴趣起来，便陪着王何生一起写。

久而久之，他们真就弄出一套简单的"文字"出来，只不过只有他们俩认得而已。

王何生每天就在村里头涂画，用石头刻在墙上，写在土里，甚至跑进空屋子，把里面都写满了，搞得村民怨声载道。

沈七跟在王何生后头，倒是没有写，因为他觉得这样的确不好，但也没法阻止。有时候村民来赶他们，沈七只能一起挨揍。

但他俩还是高兴，觉得现在认识字了，就具备了出村的条件。

很快，王何生十五岁了。沈七比王何生小一岁，还得等待一年。

生日那天，王何生被带到菩萨面前。

看着眼前的菩萨像，王何生的心直跳，明明天气不热，他却不断冒虚汗。

庙外围满了人，每次掷杯，他们都会被叫来做见证。沈七站在最里面，和王何生一样紧张。

老村长还是老一套流程，王何生对此已经熟记在心。

"王家，王何生，给菩萨跪下。"村长说。

王何生扑通跪下，膝盖生疼。

村长走到他和菩萨中间，问："王何生，你是不是想要出村？"

"是！"王何生声音洪亮，做足气势。

"磕头。"

王何生俯下身去，重重拜了三下。

磕完了，村长便拿起杯筊，向上一扔。

王何生的目光紧盯着，看杯筊在半空中互相碰撞，然后下落，摔在地上。因为地面坚硬，杯筊又弹起来几下，

沈七谨启

才终于落定。

一阴一阳。

"好！"王何生面色泛红，喜出望外。

村长倒是淡定，将杯筊重新捡起，用双手抱住，上下晃动。

"第二次。"说完，村长又是一扔。

一阴一阳！

王何生的嘴角要咧到耳根了。

沈七在旁边大吼："好啊，何生，你要出去嘞！"

"谢谢菩萨！"王何生说。

"别急。"村长说，"第三次。"

最后一次，若仍旧是前两次的样子，王何生便能出村，便能亲眼见证自己向往的世界了。

这一刻，他等了八年。

杯筊起，杯筊落。

一阴……

两阴面，王何生的笑脸一瞬间垮了下去。

两个杯筊，都是凸面向上，菩萨拒绝了。

如同一盆冷水浇头，王何生忽然觉得冷，双腿发麻，站不起来。周围的人群安静，大家伙儿知道王何生的愿望，也都替他感到可惜，但没人出声。

村长见怪不怪了，将杯筊拾起，放回菩萨脚下，转头对王何生说："这也是菩萨的意思。"

说完，村长就要离开，王何生突然抓住他的脚踝："村长，你再扔一次！"

这一行为惊吓到了所有人，沈七慌忙跑过去，将王何生拽开了。

村长板起脸，语气严肃："每个人都只有一次机会，菩萨不同意，那就是不行，哪个能例外？"

王何生没再说话，呆呆地坐在那里，嘴里轻轻念叨着什么，只有沈七能听清。

他说的是："我连字都认识了，为啥子不让我出去……"

那天之后，王何生消沉了好久。

他甚至想着偷偷跑出去，但是每次走到村庄边上，就想起阿柱的惨状，还有菩萨那模糊不清的五官，总觉得她正注视着自己，便又打消了念头。

一段时间后，王何生的生活仿佛又回到七岁以前，绝口不提外面的事情。

日子似乎回归了寻常。

一年时间很快过去了，马上便是沈七的生日。不知为何，王何生莫名又激动起来。

自己办不到的事情，或许沈七可以呢？

时隔一年，"外面"这两个字，终于再次被提起了。

"你得出去啊，沈七！"王何生说。

沈七太擅长察言观色了，前段日子看王何生整日闷闷不乐，他也跟着不说"外面"，不想戳对方的痛处。

"也不是我说了算，得听菩萨的。"沈七说。

沈七谨启

　　王何生也不管，还是一个劲儿地重复："你就是得出去！我这辈子没希望了，但你要是能出去，到时候你要把那些好东西给我带回来！"

　　王何生的日子好像又鲜活起来了，他开始日日盼着沈七出去。虽然并没有道理，但是他就是如此相信，甚至梦里都见到沈七跑出了村，然后回来了。梦里的沈七也穿着硬邦邦的衣服，提着一个箱子，都是黑色的。

　　王何生开始数日子，计算离沈七的日子还有多久。他终于数到了这一天，今天就是沈七十五岁的生日。

　　王何生兴奋地出门，直往庙的方向冲过去，路上摔了一跤，磕破了膝盖，鲜血汩汩流，他也不在乎，爬起来继续跑。

　　到了庙里，外面已经围了一大圈人，都在窃窃私语。

　　王何生气喘吁吁地停下，发现气氛有些不对劲。他挤上前去，穿过人群，来到最里面。

　　庙里，村长坐在地上，他的面前是沈七的爹娘和兄姐。几人絮絮说着话，王何生听不清楚。说到一半，沈七他娘还落下眼泪来。

　　"出啥子事了？"王何生问道。

　　旁边的村民说："沈七找不着了。"

　　沈七再也没出现过，没人知道他去了哪里。

有人说他是偷跑出村。可若真要跑，为什么不等掷完杯筊？万一菩萨同意了，又何苦闹这么一出？况且以沈七的性子，也不像是会偷跑之人。所以大家都说，沈七应该是在山边上走路，失足掉到哪条沟里了。

　　沈七的家人找了两天，没找着，也就放弃了，毕竟屋子里近十口子人，少一个就少一个吧。

　　人总是会死的，日子还是要过。

　　村附近有块野地，平整，泥土松软，岩头村的人死了，大多都埋在这里。沈七的家人也在这里立了一块碑——其实就是找到片空地，插上一根细长木块。

　　木块上没有字，土地下也没有沈七。

　　王何生有事没事就去墓碑那里转一转，然后自言自语，细数村里又发生了哪些新鲜事，今天自己干了什么活儿，权当说给沈七听了。但总是很快便说完了，毕竟这破村子，能有多少新鲜事？

　　王何生想在墓碑上写个名字，因为据说正常墓碑上就是会有名字的，只是因为村里人都不识字，所以从来没人写过。

　　可他认识啊。所以王何生找了几根木头，用火烧了，前端就成了木炭。王何生拿黑色木炭当作笔，正要落笔的时候，又突然想起，编了这么多字，还真没有编过他们俩的名字。

　　王何生想了想，最终还是放下了"笔"，因为他觉得"沈七"这两个字好难编，比之前所有的字都要难。

他编不出来。

这天，王何生照例来墓地走动，却发现来的不止他一个。

两个中年村民人手一把铁锹，正在荒地的角落铲土。旁边站着村长，而村长的脚边似乎还躺着一个人。村民挖好了土，就将脚边那人踹了进去。

王何生凑上前去："咋了？"

村长看向他，又看向刚刚挖出的大坑："阿柱没了。"

王何生也看向那坑，只见阿柱躺在里面，双眼紧闭，嘴巴微张，还穿着平时一直穿的衣服，但是已经没有呼吸了。

村长用眼神示意，另外两个村民就开始填土。

"咋突然就没了？"王何生问。

"傻小子，不知道遇着啥畜生，给他腿上咬伤了。老村长看到的时候，已经晚了，血止不住，没一会儿就死了。"其中一个村民回答。

村长也叹气，一把年纪了，想不到这么短的时间里，还能送走两个黑发人。而且阿柱跟了村长这么多年，村长也的确把他当作亲生儿子看待，村长眼睛里都是落寞。

"其实阿柱当年就该死了，能多活了这么好些年，也算是福分。"另一个村民说。

泥土很快淹没了阿柱，王何生看着尸体逐渐被覆盖，突然发现了一件东西：阿柱的衣服上，好像有字。

只有他和沈七认得的"字"！

"快停下，别埋了！"王何生大喊着，直接跳进坑。这可把在场的其余三人都吓坏了。

"王何生，你也想一块儿入土吗？快上来！"村长吼道。

王何生不理，他拨开泥土，从阿柱身上拿出一块布料来。布料本来是揣在阿柱怀里的，长方形，和衣服一个材质，所以很容易被忽略。

"这是我给阿柱做补丁用的。"村长说道。

王何生展开看，布料上面的确写了字，不知道是用什么写的，正反两面，密密麻麻的。

是沈七写的！

王何生不知该抱着怎样的心情来看这页文字，先是激动，而后五味杂陈。

沈七还活着吗？他在哪儿？他为什么写了这些？又为什么写在阿柱的衣服补丁上？

王何生迫不及待地阅读起来，他想知道答案。

"写了啥呀？"村长颤颤巍巍问道。

这些文字本就是强造出来的，一个词一个词前后叠着，而且以物品名称为主，少了许多连接词，很多时候根本造不成完整的句子。

可这就足够了，他们俩天天说话，别说几个词儿放一块，就是随手画上一撇一捺，王何生都能知道沈七想说什么。

他颤抖双手，不敢相信自己看到的内容，好像有一团

沈七谨启

火,猛然从他的心头迸发出来,越来越烫,要烧起来了。

他知道了一切。

"说话啊!"一个村民问。

王何生放下布料,深呼吸一口气,才平静下来,只是摇头:"没啥,我们小时候一块儿瞎写的。"

他当然撒了谎。

村长眯着眼,上下打量王何生,没再问下去。

当晚,王何生思考了很久。他就坐在窗前发呆,想看看月亮,可是天上乌漆墨黑,大概有乌云,什么也看不到。他目光下挪,又看到了那个男人曾经住了一晚的空屋子。屋子里没有任何光亮,但是屋子里有他曾经的希望。

王何生终于下了决心,他整理行李,趁家里人都睡着了,借着月光离开了家。

他要出村。

那块布料,是沈七从外面寄过来的,开头的第一句便是:"我已经在外面了!"

王何生的包里只塞了几天的干粮,还有几个火折子,用来赶夜路,以及一把小镰刀。他也不知道自己这一去要走多久,才能真正到达所谓的"外面",但他的心里攒着一股劲儿——沈七能出去,他也能。

他踏上村边的山,因为树林茂密,他用镰刀开道,不知不觉,手臂上满是伤痕,他却不觉得痛。

布料上没有写出去的方法或者路径,想来沈七自己也说不清,只是埋头往前。

王何生之所以选择在半夜离开，是因为布料上写着："别告诉村里其他人。"

沈七说，王何生很倔，既然看到这些字了，他肯定是要离开的，只是村长会联合其他人拦着，在他们眼里，违背菩萨一定会遭受惩罚。如果王何生的爹娘知道了，他们肯定也怕王何生落得阿柱的下场，到时候往地上一跪，村里人一指点，恐怕王何生就出不去了。

沈七还写，他已经到了外面，这里比他们想象的更让人激动。这里真的有巨鸟，不止一只，都遮天蔽日，不飞的时候，就停在屋子顶上。外面的屋子也和岩头村不一样，都是黑色的，很高，一眼看不到顶，所以巨鸟才能在上面休息筑巢。

人能骑着巨鸟飞，一只鸟上能坐几十几百号人，就跟村里骑牛是一个道理。外面的人就靠乘着巨鸟到处穿梭。

到了地面，到处跑着大牛，跑得快极了，有的牛能坐三四个人，也有的能坐更多，和大鸟一样的用处。

外面的人有穿黑色衣服的，那似乎是一种很流行的款式，也有穿村里样式衣服的，但是新得很，没有补丁，也是硬的。

放音乐的盒子很常见，人手一个，能一边听歌一边随处走着。

外面的灯也不一样，哪儿哪儿都有，吊在顶上，挂在窗户沿，里面根本不放蜡烛！晚上都点亮了，就跟白天一样亮堂。

沈七谨启

　　布上还写了很多，描绘的外面世界光怪陆离的，王何生看着，脑海里便浮现出那般画面，脸上露出痴痴的笑来。

　　王何生走了很久，却还是没有走出山，到处都是一样的树、一样的路。

　　他的衣服裤子磨破了，布鞋的鞋底没了，他干脆扔了鞋子，光脚走路。山上满是石子尖刺的东西，他的脚底板很快也破了，全是血，不过一段时间后就麻木了。

　　他走了三四天，然后是七八天。

　　他累了。

　　包里的粮食早就吃完了，他饿着肚子，全身上下遍布伤口，每走一步，都是煎熬。他怀疑自己是不是迷了路，但是他不能往回走。

　　大概走到第十天的时候，王何生终于受不住了。他脑袋一阵晕，然后眼前发黑，直挺挺倒在地上，昏死过去。

　　他好像做了一个梦，梦里他成了阿柱。当初的阿柱也是这样在山里盘旋，始终没有找到出口，然后被绊倒了，脸朝下摔跤，两根石笋刚好捅破了双眼。瞎了后，他抹黑绕圈，最终回到村子。

　　没人能出去的。这就是菩萨降下的惩罚。

　　王何生心想，自己要死在这儿了。

4

　　不知过了多久，王何生忽然觉得脸上凉凉的，有东西滑落。

是水，水滴在嘴唇上。

王何生下意识拿舌头去舔，紧接着更多的水灌进口腔和喉咙。

他缓缓睁开眼，一男一女正看着他，都是二十左右的年纪，可能是一对夫妻。王何生不认识，但能肯定不是岩头村的人。他们穿着和王何生差不多的衣服，也有些灰头土脸的。

两人说，他们是从隔壁村出来的，正要往城里头走，男的在去小解的路上，正好看到王何生躺在边上，这才将他救下。

"城里？那是哪儿，是外面吗？"王何生还晕乎着，说话都有点不利索。

"就是大城市。我们村里人这两年都往那里跑，男的去码头找活儿干，女的去工厂还有商店之类的地方。"男的说。

他口中的码头、工厂还有商店，王何生都不明白。

"那里有巨鸟吗？有很大的，能坐很多人的牛吗？"王何生问道。

"牛？"女的歪头，"坐人的，你是说'车'吗？那都是有钱人的玩意，我们是没坐过，不过大街上到处都是，四个轮子哗哗转，跑老快了！"

王何生听到这话，眼睛一酸，落下泪来，泣不成声："对，那里就是外面。我要过去，你们带我一起去吧！"

沈七谨启

于是这对夫妻带上了王何生，分他吃的，还帮他料理伤口。十几天后，他们终于来到城市——一个叫黄埔的地方。

眼前的一切对于王何生来说很新鲜，但是又有些可怕。

这里有好多人，各式各样，拥挤不堪，王何生这辈子都没见过这么多人。许多男的都穿着黑色衣服，款式差不多，还会戴帽子，只是和王何生印象中的不同，那些帽子也是硬邦邦的，底下多出一大圈。

女的衣服千奇百怪，都是王何生不认识的材质，五颜六色。她们的脖子上和手上挂着东西，像是小孩子挂在脖子上的玉佩，但是闪闪发光。王何生还觉得，城里头女人的嘴唇特别红，脸蛋特别白。

还有一群人长得特别奇怪，比王何生高得多，连女的也比他高，头发是金色的，鼻子向前突，不像是人，像是怪物。

城里的屋子也不同，真的很高，王何生得仰着头看，这让他感觉随时会塌下来。屋子外面的窗户有透明的东西封住，让他想起小时看到的煤油灯，那包裹住里面光芒的，也是类似的东西，男人好像说过，叫玻璃。

满街都是"车"，到处跑，速度快到让王何生害怕，好几次他都差点被撞上。那对夫妻说得躲着走，要真是撞了，小命就没有了。街上还拉着好多条线，悬挂在半空，连接许多细柱子。

王何生还看到一种灯，比煤油灯还厉害，外面套着绿壳子，连火都没有，但就是发亮，亮得惊人。夫妻说那叫台灯，连着电的。电又是什么？是一个能让许多东西运动起来的玩意儿，具体他们也不懂。

王何生说不出话来。他幻想了十年的外面，此刻真切地展现在他的眼前，彻底颠覆了他过去的世界。

王何生哭了。他趴在地上啜泣，听着人来人往，感受着汽车驶过路面的震动，仿佛它们都是一场梦，只要自己再次睁眼，就会消失。

他哭完了，抬起头，眼前的世界没有变化。他又笑了，几乎要把嘴张破。路人都绕着走，说这个人脑子是不是坏了呀。

在那对夫妻的帮忙下，王何生从此在黄埔定居下来。他和几个码头工人住一块儿，一个小弄堂里，几个大男人挤在一起，白天就去搬货物，能拿到钱，用钱买吃的。他发现这里到处是字，和自己编出来的不一样。他有个室友认得字，王何生就跟着他学。

这里的时间流逝速度和岩头村也不一样。在这里，时间过得特别快，因为王何生总有事情做，总有地方去。

沈七的那块布料，王何生一直带着。他一直在找沈七，却一直没有对方的下落。

他也没有发现沈七笔下的巨鸟，还有他记载的许多其他事物。王何生将它们念给工人们听，众人都摇头说没见识过。

沈七谨启

或许沈七去了另外的城市，还有可能出了国。那些金发碧眼的都是外国人，听说外国更厉害，什么都有。

久而久之，王何生终究是放弃了。

他想打电话给沈七。那是个即便相隔千万里，也能交流的工具，可他并不知道沈七有没有号码。

王何生给沈七写了一封信，就像是沈七在那块布料上写下的一样。他讲述了自己的现状、对未来的畅想。他用正常的字写了一遍，又用自创的字写了一遍。

他甚至学了许多文绉绉的词，比如给对方写信的时候，想要显得礼貌尊重，就要在结尾填一个"谁谁谨启"。

所以王何生最后写上了"沈七谨启"，但他没有地方能寄。

最终在一个晴朗的日子，王何生买了一壶酒，一边喝着，一边拿着这封信走到河边，将它烧了。

信纸和字迹化成灰，飞向半空，再也找不见。

5

听完这个故事，你意识到墓碑上那些你看不懂的文字，大概就是王何生和沈七自己造出来的。【解锁道具·墓碑符文图】

可是你皱着眉头，止不住摇头："不对，这个故事有太多不对劲的地方了。"

守陵人没有否认："比如？"

"那块布料是从哪儿来的？"你说，"沈七究竟去哪儿了？他为什么要在掷杯的前一晚离开？到底是死是活？那块布料难道是他从外面的城市寄回来的吗？又不是信，没有邮差之类的，怎么寄？"

"确实奇怪。"守陵人说。

"还有菩萨的恩赐是真是假？"你继续问，"我总觉得这个故事底下还隐藏着其他事情。王何生头脑直白，还有些不谙世事地愚蠢，故事完全是从他的角度来看的，忽略了很多东西。"

守陵人看了一眼墓碑，又转向你：

"没错。王何生的故事讲完了，现在我告诉你，沈七的故事。"

6

沈七这辈子，总是在替别人考虑。

因为是家里老七，懂事得更早，不仅看爹娘脸色，还要看兄长姐姐的要求，不然连饭都吃不上热的，所以沈七总是忍让，把自己的需求往后挪。

他和王何生很早就认识了，两人完全是不同的性格。如果沈七是水，那王何生就像火。村里人都烦王何生，但是沈七喜欢他的性格，觉得他自在、无拘无束，任何事想了就能去做，不像自己，畏首畏尾。

那一天，王何生对沈七讲述了外面的世界后，沈七立

沈七谨启

刻动了心。

他也想出去。

跟着王何生一道瞎晃聊天,外面的世界逐渐在沈七的脑海中成了型,所以沈七能体会到王何生的所有心情。那股热切和渴望,沈七同样拥有。

王何生被菩萨拒绝的那天,沈七也感受到了迷茫。

后来王何生不再谈论外面的事,沈七便以为他已经放下了,可是等沈七快要成人时,王何生再次提起,沈七这才意识到,王何生只是把它们埋在内心了。

看着王何生的兴奋模样,又想起去年失败时的痛苦,沈七决定,自己无论如何都要出去。

出去了,说不定能将王何生带出去,再不济,看看外面的世界,回来告诉王何生也行。

可若是菩萨不同意,怎么办?

沈七想到一个法子:他要将杯笅换了!

如果是平常的沈七,绝不会做这种有违祖宗之事,但是为了王何生,也为了自己,他决定破例。

掷杯仪式的前一晚,沈七偷偷溜到庙中。

如何让杯笅出现一阴一阳的样子?这个答案还是沈七之前和王何生扔东西玩的时候发现的——石头或是家里的小物件,重的那一面,更容易落地。

所以背着王何生,沈七偷偷做了两个杯笅。也是用木头做的,但是往里面塞了小石子,分在不同的两面。他自己扔了几次,虽说不是次次好用,但是十次里面,总有七八次一阴一阳。

沈七为此兴奋不已。

他来到菩萨脚下，拜了几拜，请求原谅。正当他拿了旧的杯筊打算离去时，突然发现，菩萨脚下有个小口子。

那是泥像的脚趾处，向里凹陷了一大块，但是用茅草遮住了，不靠近根本发现不了。

沈七掀开茅草，惊讶地发现，那里面有两个杯筊，和放在外面的杯筊一模一样，却被藏了起来。

这是为什么？

沈七将它们拿出，下意识地掂量了两下，立刻发觉手感突兀。

这两个杯筊也被塞了东西！

和沈七的不同，这两个被同时塞在了平坦处。也就是说，用它们来掷杯，出现的结果极可能是……两阴面。

为什么会有这样两个杯筊？平常村民不会靠近菩萨泥像，所以根本没人发现这件事情。

能接触到杯筊的，只有村长！

难道从头到尾，这就是一场骗局吗？所谓的菩萨恩准，其实是村长用这种方式，阻止所有人出村？

"沈七？"村长的声音在沈七背后迸发。

沈七慌张地将两个杯筊放回凹槽，转身看去。

只见村长站在庙门口，死死盯着自己。

"你来干啥？"村长质问，语气冰冷，没等沈七回答，又说，"你拿着杯筊做啥？"

沈七谨启

　　沈七下意识将自制的杯筊藏在背后。

　　"想着先来看看……"

　　"这是你能看的吗?"

　　村长已经走到沈七面前,神色和平常完全不同,多了一丝阴冷,让沈七不寒而栗。

　　村长还是看到了沈七的杯筊,又瞟一眼台面:"你要换杯筊?"

　　沈七没有说话,他想不出如何反驳。

　　"为啥都这么想出去呢?外面有啥子好的?"

　　沈七连连摇头:"外面不好,村长。我没换呢,明天还是用原来的。"

　　沈七说完要走,没想到一只强有力的手将他按下了,阿柱不知何时到了他们身边。

　　"菩萨脚下的那两个,你也看到了吧?"村长说道。

　　沈七忙否认:"什么脚下,这里不就那两个吗?"

　　村长冷笑一声,对阿柱招手,下一刻沈七就感觉自己的嘴巴被什么东西堵住了,然后眼睛也被遮住,整个人被扛起来。

　　沈七挣扎喊叫,却无济于事。

　　眼罩被取下来后,沈七发现自己被扔在一间空屋子里,不过不在村内,具体位置,沈七也不知道。

　　屋子里只铺了茅草,其他什么都没有。

　　村长拿着蜡烛站在沈七面前。阿柱低着头,他大概只是听从村长的命令。

沈七着实慌了："这是要干啥？"

村长看着沈七，重重叹出一口气："我真的不想这么做，但是你都看到了……"

沈七知道否认已经没有作用了，他也垂下头："村长，你为啥要那么干？难道你不想让我们出村吗？"

村长的眼睛忽然睁大，表情扭曲起来："我是在保护你们啊！"

原来，村长曾经出过村。

菩萨恩准的规矩，的确是祖上传下来的，只是时间久了，没人重视。

几十年前，村民不出村的原因，大多是没有必要。

那年村长才七八岁的年纪，赶上旱季，村里的生活变难了，所以村长爹娘带他出了村，走了十几天，才走到一座城市。那是村长第一次出村，哪里见过那么多稀罕物，看啥都好奇，到处乱跑。

他跑到马路上，突然一辆车向他冲来，喇叭声刺耳。小时候的村长什么也不懂，像是受到惊吓的鹿，身子都僵了，愣在原地。

就在他要被撞倒时，他的爹娘扑上来，把他推走了。

村长得以幸存，但是他爹娘就这样没了。

当时城里还有一个岩头村人的亲戚，知道了这件事后，要将村长收养下来，但是村长哭着闹着，一定要回村子里去。

沈七谨启

在孩子幼小的心中，是外面横冲直撞的怪物杀了他的父母，他觉得自己就不该出村，如果待在村子里，就不会遇到那只怪物。

亲戚将他送回村子。村长将这场悲剧归结为他们违背了菩萨的意愿，于是天天在村里说，不能出村，一定要得了菩萨的恩准。只有他知道，外面究竟有多可怕。

等长大一些，他便重启了村里掷杯的仪式。

菩萨泥像早就快烂了，他就亲自翻修，重新做了杯筊。

他又怕如果真有人投出了一阴一阳，该怎么办？不管菩萨到底是不是真的，外面那怪物永远会在！所以村长动了手脚，做了四个杯筊，藏起两个来，真正做仪式的时候，再偷偷调换。

接下来几年，真的没人出去了。

只不过天不遂人愿，十几年前，有个叫阿柱的小子无论如何都想出去，还大肆宣扬，就算菩萨不准，他也要偷偷溜出去。最后他真就这么做了。

不过村长早就预料到了，他一直死盯着阿柱，更是在当晚阿柱离开的时候，偷偷跟了上去。

他不能让阿柱离开。若是有人坏了规矩，便会有第二个坏规矩的人，第三个、第四个……久而久之，好不容易重新建起来的体系，便会再度崩溃。而那帮离开村子的人，包括阿柱，都会被怪物杀死！

他一定要保护村子！

阿柱走到一个陡坡时，村长找准机会，将阿柱推了下去。

阿柱滚落，受伤呻吟，一时无力抵抗。村长上前弄哑了他，又弄瞎了他，再将他带回村子，装成是他自己跑回来的样子。

用这种方式，村长维护住了掷杯的规矩。

可阿柱是真的疯了。村长到底心存愧疚，自然而然承担起了照顾他的职责。

听完村长讲的故事，沈七实在不知该说些什么。或许，村长才是那个疯掉的人。

但沈七又很理解对方，因为孩童时期的遭遇而想要保护自己村里的人，又有什么错？

"那你把我抓过来，也要弄哑我，弄瞎我？"沈七问。

"我不会伤害你，但我也不能放你走，我不能让你把这些事情告诉任何人。"村长摇着头说道，"这间屋子离村子很远，没人知道，以后阿柱每天会给你送饭吃。"

说完，村长转身要走。

"你要把我困在这里一辈子吗？"沈七陷入绝望。

村长没有回答，径直离开。

接下来的日子，沈七便每日躺在茅草上。屋子最顶上有个小窗，能看到白天黑夜，但是不可能爬上去。

阿柱果然每天送饭来，但是他的确痴傻，只知道听村长的，所以不可能让沈七走，沈七也打不过他。

沈七谨启

沈七怀念过去的一切，怀念爹娘，怀念天空田野，也怀念王何生。

不知道王何生现在怎样了。他出去了吗？

沈七好想离开这里，然后对王何生说："都是假的，快离开这里吧！没有菩萨，别管杯筊了，出去吧！"

一天吃饭时，他看见阿柱的怀里有块布料，忽然心生一计。

将一切写下来！

阿柱也不懂，会随时揣着，哪天运气好，王何生就能看到！

他想尽办法，让阿柱带一些能写字的工具来，可是真正要落笔时，他又犹豫了。

该写些什么？应当是写出事情原委才对吧！写自己被困的地点？但他也不清楚这屋子究竟在哪儿。写村长的所作所为？可是他又怕村民知道了，刁难村长，毕竟他觉得，村长没有做错。

沈七总是想得太多，替别人考虑得太多。

他最终提笔，只写了自己对外面的想象。他知道，如果王何生看到这些，便一定会出去。

他只要王何生出去。

守陵人深深吸气："这个故事到这里，才算真正结束。"

你觉得错愕，你根本无法理解沈七的行为。

"明明只要写出实情就好了，就算写上自己还活着，王何生也一定会来找他！"你说。

"如果那样的话，村长的事情就一定会败露。"守陵人说，"那可是一个与世隔绝的小村，某种意义上，规范他们的只有道德，没有法律。你很难想象，这帮人在知道真相后究竟会做什么……"

"难道村长不是罪有应得吗？"

"在你看来，沈七是不是有些愚蠢？"守陵人忽然问。

"何止是有些……"

这个故事让你有些生气，心里一股火，没处发泄。

"每个人都是不同的，有自己所坚信的一套理论。"守陵人说，"毕竟世界上还是傻子多，不是吗？"

守陵人说完后，不再流连于这个墓碑，立刻向下一个走去。

第五座墓碑看上去更新了。你忽然意识到，这些墓是不是以时间的顺序，由远及近排列的？

这座墓碑上的字是：大师之墓。墓前，还放着一口铝锅，也就一个脑袋大小，表面凹凸不平，满是灰尘。

"为什么会有个锅在这里？"你问道。谁家来扫墓会带锅？总不能现炖一道菜，祭奠死者吧。

"这个大师，是个厨师吗？这是他去世前经常用的厨具?"你做出猜测。

　　守陵人摇头:"锅,不是他的。"

这一切其实都是村长的骗局?那个误入村庄的男人又是谁?
本故事的密码线索是?

【文字密码提示:言语不可信。】

转世神童

气功大师坠楼记

徐柳年不知道，可能也永远不会知道了。

转世神童

"气功大师坠楼身亡！"

徐柳年将报纸拍在主编的办公桌上，报纸上的这个标题占据了头版头条，下方的配图是一个四十岁的男人，络腮胡，长头发扎在脑背后，满脸笑意，全然想象不到他已经不在人世。

"这件事有问题！"徐柳年坚定地说道。

她今年二十五六，一头卷发，涂着口红，喜欢穿米白色风衣，走起路来雷厉风行。

主编摘掉时下流行的玳瑁框眼镜，揉搓眉间皱纹，仿佛这样就能把它们抚平了，但光秃秃的头顶还是让他的焦虑暴露无遗。

"问题不就在于，我们没抓到这个新闻吗？"主编不耐烦地说道。

两人隶属于《边江日报》。徐柳年是在职记者，毕业就进了报社。她性子直，得罪了不少人，捅出不少娄子来，但还是没被辞退，因为她的确是个好记者，愿意往没人去的地方钻，找出无人所知的真相来。

她曾深入邻镇，曝光腐败官员背后的阴暗勾当，也找到过一个冰箱藏尸案的真相。

近几年电视崛起，有画面有声音，不少人拖家带口，整日守着那个大箱子看，报纸的销量自然日益降低。是徐柳年的几则爆炸性报道，才让《边江日报》免于停刊。

徐柳年食指压住报纸："报道上说，大师跳楼自杀！他为什么要自杀？完全没有理由！而且……"

徐柳年将报纸翻开，里面是关于跳楼事件的详细报道。这个版面上有另一张图，正是从远处拍摄的大师坠楼惨状。

图中的他仰面朝天，眼睛圆睁，血液流了满地。徐柳年指向尸体旁边，那里有一口铝锅。

"这个锅有问题。"徐柳年说。

主编摇摇头："这不是他那个培训学校的标配吗？"

"不对，这个锅很特别，虽然看不清细节，但是光看外表，就能发现它的形状、大小，都和其他锅不一样……"

转世神童

徐柳年确信无疑："这是转世神童戴的锅！"

气功热已经持续了好一些时日了，这年头，随便在大街上找个人，都能来上几段功法，还有不少人宣称自己凭借气功包治百病、抓取肿瘤。"大师"便是其中之一，而且是风头最盛的那一位。

当其他气功使用者还在公园练功时，大师已经上了电视，在全国观众面前，展示自己"内气外出"的本事。

他让人擦干净手，然后打坐运气，就会有丹田之气从手心间冒出，货真价实。这一举动让大师闻名全国，甚至因为过于出名，大家逐渐忘记了他的真实姓名，只是用"大师"称呼他。

自此，渴望上门学习气功的人络绎不绝，大师便开设了"云顶山培训学校"，专门传道授业。想进入学校，自然需要学费，而且还不便宜，但是所有人诚心学习，心甘情愿争抢着去培训，即使有钱，也不一定能有位置。

云顶山的基础道具之一便是一口铝锅。按大师的说法，将锅戴在头上，便能吸收天地之精华，接收宇宙气场，达成天人感应！

当然，铝锅也是收费的。

而就在半年前，大师又在所有人面前，做出了惊人之举——他培养了一个神童。

神童首次出现便是在电视节目上，他戴着硕大的铝锅，那锅的表面凹凸不平，和别人的锅都不太一样。

大师声称，这男孩是太上老君转世，天生神力，有特异功能，能隔空取物，读取人心。

此事一出，云顶山培训学校更加火爆，大师甚至决定开设分校，分流学员。

所以现在大师的意外死亡轰动全国，没人清楚这样一个几乎要一手遮天的成功人士，为何会突然自杀。

徐柳年倒是从来不相信气功一说，她相信科学，觉得特异功能或是功法一类的东西都是唬人的，对那些大师不屑一顾。

主编看向报纸上的图片："所以你想说什么？你的意思是，大师的死，和神童还有关系？"

"为什么不可能？"

"那孩子才十八岁！"主编叹气，"小徐同志，我知道你想法很多，但是这件事情，咱们就别瞎掺和了，背后的水很深啊。"

"所以我们更应该深入其中！"徐柳年抑扬顿挫地说。

这起案件的疑点太多了。

除开莫名其妙的自杀和那口锅，徐柳年发现，在大师死后，云顶山培训学校竟然还在如火如荼地开办。

按理来说，这个培训学校和大师是密不可分的，现在这个灵魂人物死了，学校应该很快经营不下去才对，可是想要进入学校的人反而日益增多。

他们不再是为了跟大师学气功修炼，更多是冲着转世神童的名声。

141

转世神童

直觉告诉徐柳年，这事情暗藏玄机。至于具体是什么，她现在还不得而知，但对她而言，记者的工作，就是找出真相。

主编一直觉得徐柳年是个刺儿头，原来还想着有时候能说服她，后来发现这人油盐不进、冥顽不灵，只能随她的性子了，所以此刻只是摆了摆手道："那你想怎么调查？"

"当然是混进培训学校。"

云顶山培训学校在郊区。云顶山的顶部，海拔四百多米。据说以前是个寺庙，后来废弃了，大师就买下改成了学校。

通过主编的重重关系，徐柳年轻而易举就混了进去，当然记者的身份肯定不能暴露。

她被分在"初级班"，班里的人都是新进来的，修炼时间不足三个月。

入学的第一件事，便是买铝锅。

那锅竟然还分为三个等级，说是级别越高，吸收灵气的能力越强，不过价格自然而然就上去了。据同学说，神童的锅是顶级的，他们都没有资格获取。徐柳年只好买了个最低级的装装样子。

学校有严格的时间表，早上五点半便得起床，六点上操场，所有人高举铝锅绕圈，七点开始讲座，午饭后修炼，晚饭前交流修炼心得。

徐柳年没打算一开始就大动干戈，搞得鸡飞狗跳的，按照她的习惯，一定是先融入环境，等她对卧底的地方有了更深的了解，时机差不多了，再进一步寻找线索。

现在的任务，就是尽力搜集更多的信息。

徐柳年了解到，管理学校的是一对夫妻，都是不到五十的年纪，面貌精神，每天学生跑操时就会在楼上看着。

清早举铝锅的时候，一个叫李天的同学告诉徐柳年，这对夫妻叫张超、邓娟，学生们叫他们张老师、邓老师，平常就是他俩在管理学校。

大师还在世的时候，不经常到学校来，更多的时候他在各个节目登台露面，扩大影响力，偶尔才回学校进行几次讲座，展示自己的气功，并且验收学生的学习成果。

自从他去世后，这些事情就成了神童的责任。

如此一想，徐柳年到学校已经好几个星期了，也没见着神童。

李天说："神童比大师还难见到呢！"

徐柳年问："神童是从哪儿找来的？"

李天回答："不知道，那时候我还没来，听之前的人说，就是有一天带过来的。不过我有个小道消息……"

徐柳年尽力做出没那么感兴趣的样子："是吗？"

见对方有些冷淡，李天反倒更来劲了："听说张老师和邓老师，就是神童的爸妈！"

"这是哪儿来的消息？"

143

"学校里都在传，是真是假就不知道了。"

徐柳年很快适应了学校的生活，安然度过了一个月。

这个月里，她对学校的周遭环境有了清晰的了解，对学校内部所有的人际关系也略知一二，只是调查方面，没有什么进展。

她倒不着急，她知道，时机还没到。

不过意外的是，她的身体健康了不少，思维清晰，动作敏锐。她一瞬间以为这铝锅气功真有效果，但仔细一想，如果平常也像在这里一样早睡早起，天天锻炼，估计也有一样的效果。

这天早上举完铝锅，不知为何，忽然人群躁动起来，然后有人在学校里面飞奔。

徐柳年有些莫名其妙，抓住一人问道："发生什么了？"

那人甩开徐柳年，边跑边喊："神童来了！"

神童样貌普通，穿一件黄色印花外套，刘海长到眉毛，一直低头，面无表情，若是放在人群中，毫不起眼。

他站在讲座房的台上。台子有一米高，半圆形，像个舞台，占据了大半个房间。台子外围上栏杆，空出一大圈来。下面的学生冲到最近处，离台面还有几米距离。

神童身后是张超和邓娟，像两位武将一样护着他。

房间此刻被围得水泄不通，大概整个学校的人都来了。徐柳年走得慢，只能挤在最后面。

不知哪个角落忽然有人大吼一声"神童"，紧接着同样的吼叫声此起彼伏、排山倒海，所有人像是发了狂。直到张超走到台前，举手示意大家安静，声音才逐渐消失。

"我知道大家都很激动，神童老师难得有机会回一次学校。别担心，大家都会见证的。"张超熟练地说道，想来这些话已经重复过不少次了。

邓娟下台，似乎是去拿些东西。

隔得实在有些远，徐柳年踮起脚，奋力想要看清，又转头询问旁边的人："见证什么？"

"当然是特异功能！"

邓娟再次上来的时候，换了一件厚衣服，整个人鼓鼓囊囊的，手上还拿着两个花瓶。

张超将神童带到讲台的一侧："首先，是最简单的，神童将要展示隔空移物。"

邓娟来到另一侧，将花瓶放在台面上，离神童大概有十米距离。

所有人屏息凝神，不敢发出一点声音。

忽然，神童动了。他双手向前伸直，然后在空中一推，那两个花瓶便接连倒地，摔在地上，碎片撒落一地。

学生中立刻传来三三两两的惊呼声。

台上的三人似乎习以为常了，邓娟没有去管那些碎片，而是来到中央站定。

张超解释:"当你的能力足够强大,你能推动的,就不只是花瓶那样的小物件了。"

神童微微点头,像是在赞同张超的说话,又或是明白了他的提示,要把流程接着往下走。

只见神童再次抬起双手,全身用力,涨红了脸,而后猛然前冲一步。

下一刻,邓娟整个人竟然直直飞起,像是有一双无形的大手将她推飞了。她摔倒在讲台边缘,若不是换了厚衣服,恐怕已经受伤。

底下众人先是一片寂静,然后爆发出热烈的欢呼,震耳欲聋,徐柳年被吓到了。

她之前只在电视上看过类似的表演,但那和亲眼所见毕竟不同,刚才的场景,真让她产生了特异功能是真的,或是练气功真的有用这样的念头。

怎么可能?徐柳年摇晃脑袋,把这些想法扔出去。

肯定都是骗人的。

接下来,神童又表演了"阅读人心"和"行为操控"。

所谓阅读人心,是张超拿来几张纸和笔,随机选台下的人,写上自己心中所想。

徐柳年眼尖,发现被选中之人竟然是李天。这小子倒是跑得快,能挤到前面去。

只见李天写完后,将纸折起来放入口袋。

神童全程都背向学生,所以不可能知道纸上的内容。可是等他转过身,和写字之人进行眼神交流后,他立刻将纸上所写内容说出，一字不差。

行为操控更为直接，神童先是操控了张超和邓娟，让他们根据自己的指令做出相应动作，然后又是找了几个学生，进行相同的流程。

学生们都表示，他们在被操控时，即便再努力想要夺回身体的控制权，也是无济于事，好像真的变成了木偶，任人操控。

最后，张超走到台前说："今天就到这里了，神童也要回去休息了。你们虽然没有顶级的资质天赋，不是仙人转世，但是只要好好学习修炼，将来总能获得足够的宇宙灵气，获得这样的特异功能！"

学生们再次欢呼。

临走前，张超又看似不经意地说："对了，想要加快修炼速度，可以随时升级你们的铝锅。"

说完，两人便带着神童从侧门离开。剩下的人还沉浸在震惊之中，好一会儿才陆续走出讲座房。

徐柳年身边的人本来还兴奋着，不知为何忽然脸就耷拉下来了。徐柳年拍了拍他，问道："怎么唉声叹气的？"

那人说："神童好久才来一次，就住一晚上，下次来不知道是什么时候了。"

"他会住在学校？"徐柳年问。

那人点头："他下午还要去高级班教课。只不过进入高级班的条件太苛刻了，不仅要买顶级的铝锅，还要有五年以上修炼经验，像我们这样的一般学员，只能看

147

转世神童

看热闹了。"

听完这话，徐柳年意识到，自己不能放过这次机会。神童身上定然有关于大师死亡的线索，而且他本来就是徐柳年的重点关注对象。

其实刚才神童将邓娟推开时，徐柳年立刻联想到了大师坠楼的事。如果神童将大师骗到楼顶，大师站在边缘，神童突然用特异功能发力，大师岂不是也会这样，直接被推下楼去？所以才会仰面朝天地着地。

就算当时有别人看见了，也会以为大师是自己掉落，神童肯定是藏在暗处，偷偷使用特异功能。

难道真的是超能力杀人？

但徐柳年立马否定了这个离谱的想法。不论如何，她必须去接触神童，否则等他下次回学校，不知猴年马月了。

趁没人注意，徐柳年偷偷离开了大队伍，往刚才神童离开的方向摸去。凭借对学校的了解，她很快追上了三人。神童牵着张超的衣袖，看起来正要回宿舍。

学员宿舍是单独的一幢楼，房间都是大通铺，只有张超和邓娟有独立房间。最高层还有几个房间，说是划出来给大师和神童居住的，平常就空着。

徐柳年偷偷跟在神童后方，保持一定距离，一边掩藏身形，一边在心里盘算着该如何获取线索。

没想到邓娟忽然停住脚步，猛地转身：

"谁在那里？"

徐柳年一惊,发现邓娟的确在看自己的方向。听到动静,神童和张超也一同转身。

难道是自己碰到了什么,让邓娟听见声音了?徐柳年还抱着侥幸心理,没有第一时间站出来,想让邓娟误以为是她自己听错了。可是邓娟似乎非常确信。

"还不出来吗?"

无可奈何,徐柳年还是现了身。

邓娟露出一副果然如此的表情:"我们吸收宇宙之力这么多年,如果连你都发现不了,那就白修炼了!"

张超也说话了:"你是谁?你跟着我们干吗?"

徐柳年上前几步,装出一副胆战心惊的模样:"我……我就是想多看看神童老师!"

身为记者,徐柳年早已多次身陷险境,磨炼出一颗强大的心脏,遇事最忌慌乱,见招拆招,才能化险为夷,而且通常,也只有险境才能让她发现问题的关键。

见三人不为所动,徐柳年继续说道:"我听说,到了高级班才能听老师上课,但我才来几个星期,还在初级班。我就想来问问,有没有什么方法,能让我快速晋升……"

听到这里,张超和邓娟的脸才舒缓下来,露出笑意。

张超说:"只要你脚踏实地,跟着我们学习,总有一天会升级的。当然,如果你特别着急的话……"

他和邓娟对视一眼,邓娟接着说道:"你修炼年限不够,但如果能先把顶级铝锅买了,我们就允许你旁听一

转世神童

节课。"

徐柳年做出大喜过望的表情，连连点头："我这就去！"

期间神童从始至终没有说过一句话，徐柳年斜眼看去，发现他一直缩在张超身后，也没有抬头看过徐柳年一眼。

他不像是被高高捧着的名人大师，倒像是个普通又害羞的孩子。

"你知道去哪儿买新锅吗？"张超见徐柳年没动，问道。

徐柳年连忙点头，转身就走。走到一半，她又偷偷回头瞟了一眼身后的三人，发现了一个细微的动作。

神童走路时，张超在他背上轻轻拍了一巴掌，神童就立刻挺直了背。

这是个很常见的动作，徐柳年小时候有些驼背，她父亲就是这样提醒她的，如果附近没人，还会喊一句"抬头挺胸"。

徐柳年心中有了猜测，想要证实，还需要更多证据。

入夜，熄灯铃响，所有学员钻进被铺，鼾声此起彼伏。徐柳年却穿好了衣服，偷偷溜出房间。

她要去找神童。

❀

徐柳年其实也不确定自己要做什么，和神童聊聊吗？未免有些胆大妄为了，但是先去他的房间找找，总是没错。

她混进来时，偷偷在行李里藏了相机，此时紧紧握着。

来到顶层，徐柳年很快就找到唯一还亮着灯的屋子，里面有声音传出，是张超和邓娟。

徐柳年蹑手蹑脚走到门外，发现门窗都紧闭着，窗户上贴了纸，看不清里面的状况，好在角落上有个缺口，漏出光来，徐柳年就闭起左眼，单拿一只右眼向里看。

房间里，张超和邓娟面对面站着，神童坐在他们当中。邓娟左手拿一个花瓶，右手上是花瓶碎片，正在往上拼凑，很快那已经碎裂的花瓶就完好如初了，只能隐约看到些裂痕，如果再离远一些，应该就完全看不到了。

徐柳年恍然大悟，清早的一切果然不是真的。

邓娟又开始修补另一个，一边说道："台上的绳子太松了。"

"怎么了？"张超问。

"今天我吊过去，摔下来的时候，愣是砸地上了，给我摔得不轻。肯定是那根绳子太松了，下次收紧一点！"

"再紧你就悬在半空了，那是不是太假了？"

"怎么会？到时候就说琦琦能让人悬空不就好了。"

张超眼睛一亮："倒也是个主意。"

说到这里，邓娟忽然变了脸色，翻起白眼，看向神童："琦琦，你今天是不是背错了？"

邓娟从口袋里拿出几张纸，上面写好了字："我说了几遍了，一个字都不能错！"

说完，邓娟一耳光抽在神童脸上。可神童只是低着头，没有反抗，似乎感觉不到疼痛，对这一切已经麻木了。

将前因后果串起，徐柳年大概明白了特异功能究竟是怎么回事。

神童，也就是琦琦，应该就是这两人的儿子，他们和大师串通，将孩子推到台前，强行让他当了神童。所谓隔空移物，不过是将花瓶挂上绳子，吊起来再扔下，推人也是同理。只是观众离台子太远，看不清那些穿帮的部分。

阅读人心和控制行为，只要找几个"托儿"，轻而易举就能做到，李天应该早就和他们通了气。这帮人就是靠着这些像是江湖骗术的手法，招摇撞骗，让学员花钱。

"哎，没事。"张超阻止邓娟的进一步动手，"背错点词而已，多大点事儿。反正现在大师死了，不用再把那份钱给出去，我们怎么样都赚！"

闻言，邓娟的脸色阴沉下来："你都处理妥当了吧？"

张超自信地点头："都花钱蒙混过去了，没人会知道他是我们杀的。"

果然，一切都是这两人在背后操纵。

徐柳年深呼吸，轻轻举起相机，要把这幅场景拍下来。

相机离三人有些距离，所以画面不算清晰，徐柳年慢慢往前靠，努力再近一些，企图抓住最清晰的细节，丝毫没有察觉到镜头几乎要贴上窗户了。

"当"，她的相机镜头碰到了玻璃，发出碰撞声。

声音很轻，本来是微不可闻的，但现在夜深人静，就显得有些刺耳。

张超瞬间转头："谁？"

邓娟第一时间放下花瓶，冲到门口。

门外没有人。

张超跟了出来："是我听错了吗？"

邓娟摇头。两人没有立刻回去，邓娟指向走廊的尽头，又朝另一个方向昂头，张超会意，两人分开进行探查。

这一层还有三个房间，张超分别走进这些房间，开灯查看。

没有发现任何人。

就这样扫荡了一大圈，两人都没发现可疑之处，只能回到房门口。

"应该只是什么鸟或者野猫吧。"邓娟说完，两人重新关上了门。

那徐柳年呢？

此刻她正躲在黑暗中，满头大汗，连呼吸都要停滞了。

如果刚才张超再仔细一点，就能发现她其实躲在隔壁房间门后。当时两人只有一门之隔，哪怕张超再用力些推门，都能感觉出来不对劲。

真是幸运，他俩连大师都敢杀，要是自己正面撞上，必死无疑。

徐柳年没敢乱动。虽然隔壁房间已经没有声音了，但是她能看见那里还亮着光，她不敢出门，怕被逮个正着。

四周伸手不见五指，时间的流速都变慢了，徐柳年觉得每一刻都在煎熬，好在张超和邓娟没有要出来的迹象，她才稍微放下心来。

坐在房间的角落，徐柳年隐隐闻到了一股臭气。她微微掩上鼻子，味道却萦绕不绝。

隔壁房间又发出了声音，张超和邓娟说了些话，终于关上了灯。楼里彻底安静下来了，像是失去了生机。

徐柳年本来打算直接离开，但是那股臭味引起了她的好奇，闻起来有些像是霉味，但是又不太一样。这几个房间平常根本无人居住，这臭味究竟是什么？

除了照相机，徐柳年还有一个随身工具：手电筒。

不是那种最常见的，那种太笨重，并不方便携带。徐柳年的手电筒是特意托朋友从国外带来的，只有一个手掌长度，放一节电池，没法开到很亮，但是便于携带。

她打开小手电，观察起房间。

这里就是正常寝室的模样，不到十平米，摆了床和桌子，但是都空着，没有放物件，也没有椅子，的确很久没人来过了。

顺着气味，徐柳年来到房间最内侧的墙壁前。这里的确发霉了，映出好大一圈霉菌，蓝绿色，从墙壁底部一直向上延伸。

徐柳年嗅了嗅，臭味更浓烈了。她轻轻抚摸那些霉菌，发现墙壁的手感非常奇怪。她下意识地敲击墙面，传出的声音空落落的。

徐柳年意识到，墙后面是空心的。

……

出来后，徐柳年直接报了警。中午，警局和她所在报社的几名记者便来到了山顶，学校大门被封锁，没人可以出去。

虽说她手上的证据还不算充分，但是光凭那张照片，便足够揭露这场宏大的骗局，也足以给警方一个更明确的调查方向。

至于直接把警察叫来，是因为徐柳年已经猜到，那个房间的墙壁后面，有不得了的东西。

果不其然，警察砸开墙面，在里面发现了一具尸体。

4

死者是个二十岁的年轻女性。

通过调查失踪人口，以及对尸体进行检查，最终警方得出结论，她是大师曾经的助手，叫高雅艺。

张超和邓娟在第一时间被逮捕了，在警察的审讯下，他们吐露了前因后果。

　　两年前，气功热开始蔓延，大师一眼就瞧出了里面富含商机。大师本来是个玩杂耍的，放在几十年前，就是天桥艺人，手里有花活，脑子聪明，把观众耍得一愣一愣的，随手变出枚硬币来，或是有什么穿针引线的戏法儿，他都游刃有余。

　　见身边许多人都相信气功有用，大师就把气功和戏法合在一块儿，骗取钱财。

　　张超是在一个公园见到的大师，觉得他这手绝活儿能赚大钱，恰好张超的老婆邓娟在电视台工作，于是夫妻俩一合计，三人联手，将大师带上电视节目，一来二去，大师有了知名度。

　　高雅艺当时是电视台的小实习生，邓娟看她挺机灵的，就让她参与了这场骗局。高雅艺起初不愿意，但邓娟好说歹说，解释说这种骗局无伤大雅，还能让他们赚些外快，高雅艺才答应下来。

　　大师的绝技之一手指冒烟，其实就是让高雅艺在他的手上涂抹了特殊的化学药剂，遇热变化，生成气体。

　　之后，张超想到一个开学校的主意，把大师在公园骗人的行当正规化，扩大业务。几人一拍即合，这就有了云顶山培训学校。

　　学校一开，来报名的学生便不少。高雅艺还是有道德底线的，于心不忍，曾经几次想要退出，但是都被另外三人拦住了。

他们四个是绑在一根绳上的蚂蚱，如果退出，谁能保证她不将事情捅出去？高雅艺只能憋着性子，继续待下去。

可是好景不长，学校的生意很快开始走下坡路。

那时还没有铝锅这种道具，张超和邓娟制订了一系列学习计划，让学员执行，无非就是呼吸吐纳、打坐跑步。搞了一段时间，许多学生发现自己的气功没有长进，于是纷纷反悔，想要退学费。

张超思来想去，熬了几个夜晚，写出来一个铝锅计划，既可以赚更多的钱，还能让学生以为自己没有进步是因为锅不够高级。

高雅艺问："如果学生已经买了最高级的锅，还是不见长进，是不是会更为愤怒？"

张超解释说，肯花这笔钱的人，必然比其他人更相信气功的功效，其实更不容易离开，再者，实在不行，钱已经到手了，把人赶走就好。

这个计划实施起来，确确实实稳定了客源。可学校招生还存在一个更严重的问题，那就是大师的声誉日渐下滑。

一个大师出来了，就会有千千万万个大师跑出来，抢夺市场。大家的招数差不多，甚至打扮都差不多，都是四五十岁的年纪，长头发长胡须，看起来高深莫测。

况且招数就那么几个，来来回回，观众总会看腻。很快，张超他们的大师便被有些人压过风头了。

这时候，大师便提出了那个绝妙的想法——一个新的

转世神童

噱头，保证能够吸引各种看客。他们要区别于其他同质化的气功师傅，将张超和邓娟的儿子琦琦培养成新的明星，再给他一个新的身份，强化印象，让人一眼便能记住。

这就有了转世神童。

琦琦是个内向的孩子，他其实不太明白父母究竟在做什么，只是有一天，突然不再让他上学了，来学一些奇怪的花样。

一开始还觉得新鲜，不久以后，琦琦便觉得疲惫了。

他每天早上被带着去各个舞台、电视台，做一些他根本不明白的动作，做不好还会挨骂。晚上被迫学习新的戏法，以免观众看多了觉得无趣。

即使已经十七八岁了，孩子终归还是孩子，很容易就厌倦了。

他偶尔提出自己不愿意再继续这样下去，却被大师直接驳回。有时候他不愿意学，或是训练怠惰了，还会挨大师的打，被甩巴掌、揪头发，都是常事。

张超心疼，但是大师的意思是，自古以来都是这样，要想学艺就得挨打，不打不成器。邓娟也是抱着相同的想法，张超只能看着。

琦琦本来就弱势，完全不敢反抗，只能默默忍受。

痛苦带来回报，转世神童这个名号很快就打响了，越来越多的人进入学校。只不过，这也就代表着，琦琦要去参加更多的表演，学习更多的戏法，遭受更多的虐待。

高雅艺终于看不过去了，她心疼琦琦，而且心中的道德底线无时无刻不在折磨着她。

她决定离开。

却没想到这个决定，给她带来了杀身之祸。

她当即立下誓言，说自己绝对不会将骗局戳穿，只打算拿一些钱，找个小地方，过自己的生活。大师三人见劝不动她，表面答应了，实则密谋害死她，毕竟只有死人才绝对不会说话。

在高雅艺即将离开学校那天，邓娟将她骗到那个房间，三人一起动手。

三人之前没杀过人，不知道如何处理尸体。邓娟曾经听说过有人将尸体放在墙壁里面，十几年后整栋建筑被推倒了，死者才被发现，不过凶手早已经逃之夭夭，不知去向了。

他们也可以这么做。

于是三人打破了墙，将尸体藏进去，又砌上一面新墙，刷上漆，掩盖痕迹。为了不被人发现，他们还特意通知了所有学员，说最高层是大师和神童专用的，不准上来。

就这样安度了好几个月，直到三人之间产生了分歧。

分歧的内容很简单：大师觉得自己每日抛头露面，做的事情太多，开始不满足于自己只分到三分之一的钱，要求和张超邓娟夫妻五五分。

夫妻俩当然不同意。大师便做出威胁，一会儿不上台了，一会儿不教新的把戏了，还说他能把这些破事儿都说出去。张超和邓娟想了想，反正已经干过一次杀人的勾当了，干脆一不做二不休，再干一次。

但是该怎么做呢？大师显然会对他们有所戒备。都不是好人，大师肯定也想到了黑吃黑的情况。

于是张超让琦琦来当诱饵。

那天，琦琦找了借口将大师带到楼顶，早就藏在附近的夫妻一跃而上，将大师推下楼去。

大师失去平衡，就要摔落，双手在空中乱抓，居然扯到了琦琦，眼见着要将他一并带下楼去。

好在张超眼疾手快，救下琦琦。只不过琦琦头上那顶铝锅，便随着大师一起摔落了。

"大师案件竟是谋杀，真凶落网！"

主编放下自家报纸，上面正是徐柳年的撰稿。案件告破，凶手伏法，云顶山培训学校就此关闭。

主编满脸笑意，看着坐在自己对面的徐柳年，忍不住夸赞："干得漂亮！"

听到夸奖，徐柳年却没有展现出高兴来，反而眉头紧锁。

主编按住脑袋："怎么，夸你你都不开心？"

徐柳年似乎才回过神来，摇摇头："我总觉得这案子有问题。"

"是啊，问题被你找出来了，案子破了，不是吗？"主编又拿起报纸，用手戳了戳。上面警方将张超和邓娟带走时的照片，也是徐柳年抓拍的。照片上两人目光呆滞，丝毫没有反抗的心思。

徐柳年走到主编面前："可整个过程太顺利了，几乎没有任何阻碍。你还记得之前的贪污案吗，我差点儿就落下残废；还有冰箱藏尸案，我明明一举一动都很小心，还是被凶手发现不对劲，几乎要被打死，是躲在狗窝才逃过一劫。"

"这一次不也是有惊无险？"主编说，"按照你说的经过，跟踪被发现，在楼上也差点被抓住。"

"没错，可是……"

"你就是想太多了。"

主编起身往办公室外走，顺道拍了拍徐柳年的肩："辛苦了，我给你放个假吧，出去好好玩玩，放松心情。"

主编离开后，徐柳年再次坐下。或许真的是自己思虑过多，大概这就是记者的本能吧，习惯性地怀疑。

她可能真的需要一个假期。

徐柳年长舒一口气，像是要把体内的浊气都排出去，然后拿上报纸就要离开。

抓起报纸的瞬间，她的眼角余光再次瞟到了那张照片，发现了一个之前没有看到的细节。

除了张超和邓娟，神童也在照片上，他被一个警察搂着，看向自己的父母，只露出半张脸。【解锁道具·神

161

转世神童

童照片】

他在笑?

不是很明显,只是微微勾起嘴角,但那分明就是个笑容,透露出一股诡异的邪性。

徐柳年瞬间汗毛倒竖。

他为什么会有这样的笑容?这到底是怎么回事?

6

徐柳年重新找到了李天。

李天是云顶山培训学校里徐柳年的同班同学。当时是他帮助神童完成了特异功能的展示,说明他是个托儿,那他必然知道许多内部消息,很可能是张超留在学生之间的小鬼,专门散播一些蛊惑性消息,所以徐柳年想从他的口中套出更多情报。

找到李天时,他正在公园里修炼气功。看来即便大师的骗术被揭穿,李天也没有就此放弃,他对气功的作用有极强的信念。

徐柳年也不绕弯子,直截了当,询问他对大师事件了解多少。

李天起先否认了一番,不过徐柳年软硬兼施,他大概也意识到没什么好隐瞒的,便和盘托出,和徐柳年所猜基本一致。

李天当年一看见神童,便心生崇拜,到了学校里更是对他们唯命是从。几个月勤勤恳恳下来，他的表现受到张超和邓娟的肯定，于是夫妻俩偷偷找他，几乎是以命令的口吻让他当托儿。

李天本来心里产生了一些疑惑，只不过在夫妻俩离开后，神童又单独来说服他，不知用了怎样的方法，让他放下了戒心。

"神童私下里和在台上的行为，差别很大吗？"徐柳年问。

李天摇头："神童一直安安静静的，深不可测。"

徐柳年思考着，突然李天又说话了："不过上次在台上的表演，确实有些奇怪。"

"哪里奇怪？"徐柳年挑眉。

"那纸上的文字，神童已经背过许多遍了，按理来说，倒背如流才对，可是他却背错了。"

徐柳年的表情凝固了。

李天此话一出，一条思路凭空出现在徐柳年的脑海中，像植物扎根，生长出一个不可思议的念头。

如果，神童是真正的幕后黑手呢？或许自己所经历的一切，都是神童为了报复自己的父母而设下的圈套。

他太聪明了，聪明到能看透人心，能完美地伪装自己。

徐柳年出现在学校里，神童一眼便看出她心怀不轨，于是将计就计，利用她完全洗清自己的嫌疑，并且让父母付出代价。

转世神童

他知道徐柳年的打算，于是特意在台上念错台词，因为他知道，那天晚上，父母一定会来到他的房间，拼凑花瓶的同时，说出事情真相。

接着他就能趁机故意将徐柳年赶到隔壁房间，让她顺利发现藏在墙壁后的尸体。

仔细一想，当时徐柳年看到的行为——那个张超拍打神童后背的动作，可能也是神童故意设置，来掩藏自己身份的细节。

这也解释了为何徐柳年的调查如此顺利，看似凶险，其实每一步都有进展，运气极好。

因为她看见的一切，都是神童想让她看见的。

徐柳年神情恍惚，走出公园。

如果真是这样，那大师究竟是谁杀死的？神童的计划，究竟是从何时开始的？

徐柳年不知道，可能也永远不会知道了。

神童的笑容不断浮现在她的脑海里，挥之不去。

7

你走到大师的墓边，捡起那口铝锅，翻来覆去敲了敲，也没看出什么异样来，只是个廉价的锅罢了。

"真相是什么？"你问。

究竟神童有没有超能力？最后那些故事只是徐柳年的臆想，还是真实发生的？

虽然你发问了,但你也知道,守陵人不会告诉你答案。

守陵人拿过你手中的铝锅,竟然轻易地将其掰成两半:"你所相信的,就是真相。"

你瞪大双眼,盯着被分开的锅:"你是怎么做到的?"

"这锅的材质不正常,而且特意做得很薄,中间其实已经裂开了,只是用胶水粘住,从表面看不出来,但是个成年人,都能轻易撕开。"守陵人随手将锅扔了,"抑或,我并非凡人。"

你不解地摇头。

"我说了,就看你愿意相信哪种说法了。"

守陵人不再解释。

第六座墓和前几座都不同,它是木头做的。只有一块厚木板,插在土里,形状也不规则,像是从某间屋子的地板上凿下来的。木板上似乎还挂着一些植物,并非边上生长的草。

你靠近,发现那是些海草。

木板被雨水打湿了,颜色阴沉,上面刻着:守塔人墓。

转世神童

解锁道具·"大师之死"人物关系图，可在关系图上还原这个故事的真相。

本故事的密码线索是？

【文字密码提示：人心最难驭。】

海市蜃楼

他们之中,真的多了一个人吗?是谁?

海市蜃楼

1

一个星期以来，李德昌几乎没有吃饭。

他四十岁，胡子拉碴，双眼无神，觉得全身都没有力气。这几天，他只能吃上个月遗留下来的一些饼干过活，一天吃上几小块，喝一点水，就再没有其他摄入了。

和他一样的，还有另外四个男人。此刻他们一行正从树林中走出来，每个人都迈着非常缓慢的步伐，摇摇欲坠。

几人本以为在树林能找到一些食物，没有奢望野兔飞鸟之类的动物，就算是些蘑菇也好，可他们什么都没找到。

两个月前，他们五人一起被送到这座岛上。他们都是守塔人，职责便是维护岛上灯塔的运作，以及采集岩石等样本，带回陆地，帮助研究。

岛没有名字，就只是叫作岛，与世隔绝，四面环海。几年前，有许多船只从附近经过，所以这座灯塔至关重要，但是近段时间，航线更改，灯塔逐渐被废弃了，李德昌他们很可能是最后一批来岛上的。

守塔人要在岛上居住几个月，这期间会有船只送来物资，包括食物和日常用品，每半个月来一次。

这种工作无聊单调，没多少事情，也没有和外界联络的方法，所以每次都是几个守塔人一起来，如果只有一个人来，很容易被憋疯。

因为报酬还不错，李德昌干了好几年，不过最近也打算不干了，还是想回到陆地上，找个出租车司机或是建筑工人之类的活儿，还可以多陪陪家人。

岛上的五人每日聊着天，逐渐熟悉起来。李德昌和队长走得最近。队长名叫徐彪，和李德昌同一年出生，之前是做保安队长的，几人说笑着，就用"队长"称呼他。他长得精壮，是个老实人，热心肠，最近老婆下岗了，所以来干守塔人的工作，想多赚点钱。

阿武和阿七是一对兄弟，都是三十来岁，性格却大不相同。阿武豪爽，爱喝酒，可惜岛上不能带酒；阿七相对内敛，做事有计划，总是很仔细。

最后一个是小陈，是几人里最年轻的，二十出头。和

海市蜃楼

其他四人不一样，他是个文化人，戴副眼镜，说是大学生，算是来这里实习的，主要是帮忙采集样本。

前两个月都过得很顺利，可第三个月，意外发生了。

不知为何，岛边起了风暴。海上起风浪可不是闹着玩儿的，海水汹涌，如果有人站在岸边，被海浪一巴掌拍进海里，绝无生还可能。一般这个时候，不管是船员还是守塔人，只能老老实实待在屋内，免得出现意外。

可事不凑巧，风暴发生前，运送物资的船刚把物资放下。见天地变化，船只扔下东西立刻就走了，而大风大雨又阻挡了李德昌他们去取物资。

等风暴停息，五人来到岸边时，所有物资早已消失不见，想来已经尽数沉入了海底。只剩下一点食物，就算再精打细算，也只能撑个几天，而下一次物资运送，依然是半个月后。也就是说，接下来的半个月，他们没有任何东西吃。

所有人的情绪都降到谷底，他们不再运动，努力不消耗任何能量，妄图用这种方式多活几日。可饥饿的感觉源源不断，他们意识到，等待绝不是办法。

小陈提议，几人去树林里碰碰运气。

岛上没什么东西，除了岸边的灯塔和住宿的房子，只有一片树林。但是没人进去过，因为李德昌听过一个传闻——

树林里有怪物。

听说如果守塔人进了树林，那怪物便会趁机混进队伍，趁人不注意的时候，偷偷将人剖心挖肚，吃得连根骨头都不剩下。

当然，传闻只是传闻，没什么人当真。只是树林并不小，进入后不熟悉情况容易迷路，而且平常并没有进去的需求。

但是此时，他们的确需要食物。于是几人整理行装，拿了指南针等工具，小心翼翼地进去了。

一天后，他们出来了，倒是没有迷路，却也没有发现食物。

回到灯塔底下，五个人瘫软在房间里，李德昌已经陷入绝望。

队长说："那我们只能在这里等死了。"

小陈不断摇头，声音带着哭腔："我还不想死。"

"看你这说的，谁想死？"阿武有气无力地应道。

阿七走向楼梯，要往上爬。楼上是灯塔顶部，有个控制台，能操控灯光。

阿武问："你上去干吗？"

"调整一下灯光，打信号出去。万一有船过来，能发现我们。"阿七说。

没人阻止他。虽然这么做希望极其渺茫，但也是现在唯一的指望了。

可是不久后，阿七竟然慌慌张张跑下楼来，喘着粗气，手里还握着几本小册子。

李德昌第一个看出他不对劲，便问道："怎么了？"

海市蜃楼

　　阿七拿的是灯塔的操作手册，放在灯塔顶部的操作台上，是几人一起带上岛的，里面记载了关于此次任务的细节。听起来很重要，但实际上都是老生常谈，没人真的去看，像是对旅游册子一样，拿来便随手放下了。

　　阿七举起册子："这里有四本。"

　　"所以呢？"阿武迷糊地问道。

　　阿七又说："我看了里面的详细介绍，写明了这是一个四人任务。"

　　队长还是没有反应过来。

　　阿七用力大喊："我们为什么有五个人？"

　　底下四人面面相觑，谁都没明白阿七慌张的缘由。

　　阿武又说："五个人就五个人嘛，偶尔多上来一个，又有什么问题？"

　　"我刚才看了，灯塔上所有配套用具都是四人份的。"阿七吞咽口水，指向门口，"你们看，雨衣也只有四件。"

　　李德昌顺着他的手势看去，的确，四件黑色雨衣工作服就挂在墙上，湿漉漉的。他们前几天穿着出去过，那时候还有雨，回来后脱下来就挂起来了。

　　"你们谁把雨衣收起来了吗？"队长问。

　　几人皆是摇头。

　　阿武喊道："阿七，你到底想说什么？"

　　阿七说："进树林之前，我们究竟是几个人？"

　　"五个人啊，一直是五个人……"小陈说着，声音却越来越小。

所有人都不约而同地想到了那个离奇的传说。

李德昌嗓音嘶哑：“你是说，我们之中，多了一只怪物？”

2

灯塔中陷入一片死寂。

阿武满脸不相信：“不可能，这里的人我们都认识。”

阿七却说：“怪物总有方法混进来的，他可能……让我们以为自己认识他。”

李德昌再次审视其他几人的脸，他们都长得真切，过去两个月的相处经过历历在目——小陈总是看书，抱着一堆资料研究；阿武偷偷带了一小瓶烧酒上来，很快就喝完了，天天嘟囔着应该多带一些；队长很懒，总是不愿意起床，但是责任心强，遇到任何情况，或是搬运物资时，总是第一个冲在前面；还有阿七，做事认真，几个大老爷们住一块儿，就他负责打扫卫生，他也没有怨言。

他们怎么可能是怪物？

队长站出来：“阿七，你可能是太饿了，有些疑神疑鬼了。”

阿七不说话了，精神和肉体的疲惫确实让他不堪重负。略微思考后，他只是点头：“可能是吧。”

虽然这么说，但是很明显，灯塔中的气氛比之前更为压抑了，所有人都被那个诡异的猜测裹住全身，难以

海市蜃楼

呼吸。

　　这样下去不是办法，本来就极度饥饿的几人如果再遭受精神摧残，恐怕只会疯得更快。

　　李德昌从小脑筋就转得快，此时想到个办法，也许能打消众人的疑虑。他说："假设真的有怪物，是从树林里跟着我们出来的，那就说明，在之前的时间里，只有我们四个人在这里。我们去宿舍看一看不就知道了？生活在这里的人，肯定会留下痕迹。"

　　其他人听了，都觉得有道理。

　　宿舍是灯塔旁边的小屋子，只有一层。

　　五人打开宿舍门，映入眼帘的场景再熟悉不过。一盏灯挂在天花板上，光线惨白，下面是并排摆放的铁床，被褥凌乱发黄，旁边放了桌子。宿舍里有厕所，盥洗台上放了牙刷脸盆。宿舍外拉了一根绳，用来晾晒衣服。

　　李德昌的心脏在进门后的瞬间猛然收缩，似乎停跳了一拍。因为他看见的所有东西，都是四件。

　　四张床，四套被褥，四张桌子，四个脸盆。

　　所有人都意识到了这一点，本来站在一起的人们此时下意识拉开距离。

　　他们之中，真的多了一个人吗？是谁？

　　"这是我的被子！"阿武突然走到一张床前，举起团在一起的厚被褥，又来到桌子边，从抽屉里拿出一个空酒瓶，"这是我之前偷偷带上来的，你们都记得吧！"

李德昌点头。他绕开阿武，从墙上撕下一张照片来，上面是他和老婆孩子的合影：

"这是我贴上的。你们第一次看见的时候还嘲笑我，说现在谁还有照片啊，不都存手机里吗？我就说，这是很早之前就印出来的，我一直放在身上。"

两个人就这样证明了自己。

"啊——"队长着急起来，四处环顾，然后跑到厕所，拿起其中一个脸盆。因为太着急，里面的毛巾掉在地上，他也没管。

队长指向脸盆底部，那里有条裂缝："刚到岛上，我就把脸盆弄破了，之后只能放在台子上，用力按着，才不会漏水。"

阿七拿起门边的扫帚，扫帚手柄处用一件短袖包裹住，他将其扯下："扫帚断了，我就把它绑起来，为了避免扎手，就用自己的衣服裹上。"

所有人的目光此时都聚集在最后一个人的脸上。

小陈肉眼可见地惊慌起来："我也住在这里的……"他也想找到自己的东西来证明自己，可是在房间里看了一圈，没发现什么，这让他更结结巴巴。

"你好像一直在看书、看资料，都没怎么和我们一起。"阿武说这话的时候脸色很难看。

阿七也说："这么说来，守塔而已，为什么要大学生来做调研？"

此话一出，所有人都开始怀疑。

海市蜃楼

"不是，我就是被叫来，是实习……"小陈勉强地解释。

李德昌走上前来，想让小陈冷静下来："你到岛上，总是要带换洗衣服的。你的衣服呢？"

"我的衣服？"小陈又是环视一圈，最终指向一个角落，"我的包，应该在那里才对……"

其余四人朝他指的方向看去，那里空空如也。

"肯定在的啊！"小陈的情绪猛然变得激动起来，"是不是你们把我的东西都扔了？！"

"我们一直在一起行动，没有这个机会！"阿武喊道。

"你们到底想干吗？"小陈大叫。

所有人都不敢轻易动弹，这反而让小陈愈加崩溃。

"真是莫名其妙！什么怪不怪物的！"说着，他就要向李德昌走来，"老李，我们天天都在聊天，你不会也信了这种鬼话吧！"

李德昌没有说话，还后退了两步。他真的怕了，他怕眼前这个看似文弱的学生，是个吃人的怪物。

眼见小陈要接触到李德昌了，队长突然拔地而起，把小陈扑倒在地。小陈吃痛，几乎要哭出声来，不断挣扎。

"别愣着，帮忙啊！"队长喊道。

剩下三人这才回过神来，一起按住小陈。无视他的呼喊，阿武扯下晾衣绳，将小陈绑了个结实，又把短袖拧起来，塞进小陈嘴里，在他的后脑打上结。小陈的眼镜碎了，流下眼泪来，嘴里只能吱呜作响。

"接下来怎么办？"阿七问。

队长叹气："把他扔进灯塔吧，看看之后的情况。"

于是几人合力，把小陈留在了灯塔底部。此时已经入夜，四人又步行了一整天，还进行了刚才的运动，都累坏了，决定先不进一步审问他了，得恢复精力。

这天晚上，岛上又下雨了，所有人都没睡着，只是听着雨声和海浪拍打的声音。李德昌强迫自己入睡，因为睡着了就能少一些能量消耗，就能多活几天，多一些获救的希望。

第二天醒来，几人好像约好了一般，都没有提起小陈的事情，只是躺在床上一动不动。

直到中午，外面雨停了，队长才说："还是要去问问他，到底是怎么回事。"

李德昌表示赞同。几人起身，又各自吃了些剩下的饼干，才走向灯塔底部。

队长走到门口，忽然呆住了。他的喉咙里发出些声音，似乎想要说话，却失去了语言能力。

"怎么了？"李德昌问。他走到队长身后，朝里面看去，一瞬间，他的胃部抽搐起来，开始干呕。

见到这番情景，阿武阿七两兄弟也走过来。

一幅恐怖骇人的场景展现在所有人眼前：

小陈死了。

3

小陈不仅死了,还死得异常惨烈。

鲜血流了一地,已经凝固。他的整张脸像是被猛兽啃食般血肉模糊,身上都是大大小小的伤口,肚子还破了个洞。

李德昌关上了门,仿佛这样就能隔绝这幅可怕的景象。

四人都浑身颤抖。

队长率先打破了安静:"不是野兽干的,灯塔附近只有我们的脚印。"

阿七喘着气接话:"而且岛上应该没有老虎狮子之类的动物,也没有其他大型动物。"

李德昌知道所有人心中所想,但是没人敢说。他捅破了这层窗户纸:"小陈不是怪物,怪物还在我们之中。"

阿七捂住额头:"除了他,还有谁?我们连他的换洗衣服都没找到……"

"可能真的是怪物偷偷扔了,嫁祸给他。"李德昌说。

队长低下头:"是我们害死了他。"

阿武一直没说话,此时突然全身紧绷,冲向队长,把他摁倒在地,双手掐住他的脖子。

"你干吗?"队长的脸涨得通红,努力把阿武的双手向两边掰。但是阿武孔武有力,队长无法挪动他分毫。

"你就是怪物!"阿武咬牙切齿。

"你在说什么屁话！"队长咆哮。

"我们三个都有随身物品证明，你呢？一个破掉的脸盆，你说是你摔的，就真是你摔的吗？"阿武的太阳穴突突跳，"是不是你趁我们不注意，扔掉小陈的衣服，然后昨天晚上偷偷跑出来，把他咬死？"

队长还想反驳，但是大脑已经缺氧，喉咙像被铁钳卡住，无法呼吸，再这么下去，他会被活生生掐死。

见势不妙，李德昌上前扯住阿武："冷静！这些都是你猜的，作不了数！"

好不容易才将阿武拦下。队长伏在地上，不住咳嗽，几乎要将胆汁吐出来。

"那你说我们该怎么办？"阿武朝李德昌喊道。

李德昌只是摇头，他真的不知道。

"一味自相残杀，总不是办法，万一我们都不是怪物呢？"李德昌说。

阿七缓缓举手："我们再进去看看小陈吧，说不定能发现什么。"

对于这个提议，剩下三人都不情愿，可他们也没有其他事情能做，只能点头同意。

忍着恶心，几人在小陈尸体附近探查了一圈，又在灯塔底部上下检查了一通，仍旧没有任何线索，只收获了更多的担忧紧张，还有浓烈的饥饿感。

当晚，李德昌躺在床上，却不敢闭上眼睛。

宿舍里没有关灯，所有人都害怕小陈的遭遇会降临到自己身上，全然不敢入睡。可越是这么想着，李德昌就觉得自己越困。他的脑袋很快变得昏沉，坚硬的木头床板似乎成了一个洞，将他吸入。

是尖叫声吵醒了李德昌。

他坐起身。灯还开着，时间竟然不知不觉来到了早上。

尖叫声是从外面传来的，是阿七的声音。李德昌顾不得许多，直接从床上蹦起来。他的身旁，阿武似乎也刚苏醒。

两人慌慌张张跑出门，就看到阿七站在灯塔附近，他的身前，是队长的尸体。尸体靠在灯塔墙面，瞪着双眼，嘴巴大张，满脸惊恐，好像他死前遭受了无限痛苦。

和小陈一样，他的肚子也被撕咬开，手臂和脖子上满是伤口。

阿七瘫坐在地上，双眼空洞，嘴里说的话不知是向李德昌和阿武解释，还是自言自语：

"我早上起来，发现队长不在床上，就出来找他。我出门就看到他在这里，太远了，没看清，叫他几声也没反应，我就走过来看。那个时候他就已经是这样了……"

阿武脸色凝重，来回踏着步，冷汗从额头流下。

李德昌深呼吸，而后突然转向阿武："是不是你干的？"

阿武呆立在那里，神情扭曲，显然是怒意上涌："你说我？！"

"昨天你还觉得他是怪物，今天他就死了，你不是很可疑吗？"

"所以我就是怪物？"阿武大踏步向李德昌走来。

李德昌小步后退："就算你不是怪物，你也有可能把他杀了！"

阿武扑向李德昌，不过李德昌身手敏锐，躲过了这一扑。"怎么，你又要杀我吗？！"李德昌提高嗓音喊道。

李德昌突然变得如此咄咄逼人，自然有他的理由。假如怪物真的存在，现在只可能在他们仨之中了。李德昌心知他自己不是怪物，所以面前的两兄弟，其中一个必定有鬼。

最开始提出"怪物"说法的人是阿七，也是他找出了关于雨衣的证据，如果他真是怪物，根本没有必要这么做，只需要静悄悄地杀人便是。那么从李德昌的角度来看，只剩下一个可能性了，那就是阿武。

他现在要做的，就是联合阿七，制服阿武。

可是阿七并不知道李德昌究竟是不是人。从他的角度来讲，一个是记忆中从小一起生活到大的兄长，一个是只相处了两个多月的陌生人，他倾向于哪一方，再简单不过了。

所以李德昌需要让阿武的嫌疑最大化，让阿七能够做出正确判断。

阿武的眼神变得狠厉，手指向李德昌："阿七，我们一起上！怪物只可能是他了！"

　　果然，这怪物要将脏水泼到自己身上，李德昌这么想着。

　　他反击道："你想一想，阿七，阿武真的是存在的吗？好巧不巧，其他人都是独自来的，就你们是一对兄弟一起上岛？"

　　阿七没有动作。

　　李德昌继续说："他昨天就想嫁祸给队长，今天又想除掉我。阿七，他的计划，从一开始就是和你绑定，来减轻嫌疑！"

　　阿武不想再有口舌争辩，再次冲来。他的眼中满是血丝，看来今天是要拼个你死我活了。

　　正面对抗，李德昌一定不是阿武的对手，他只能转头就跑。阿武追了上去。

　　很快，李德昌被逼迫到了海岛的悬崖边上。这里的高度大概有几十米，下方是无数凸起的岩石，海浪拍打，发出轰鸣。

　　阿武步步紧逼，李德昌已经无路可退了，但凡再向后一步，便会跌下去。不管是摔在岩石上，还是掉入海水，都绝无生还希望。

　　阿武再次跃来。看这架势，是打算把李德昌推下去，一了百了。

　　临死关头，李德昌爆发出求生本能，硬生生扛下了阿武的冲击。两人纠缠在一起，在悬崖边缘来回拧斗，稍有不慎，两人都会坠落。

阿七此时也跑到了旁边。

阿武立刻吼道："阿七，把他推下去，我们就安全了！"

阿七还在犹豫，脚步一点一点靠近。

李德昌见状则喊道："阿七，你想想，我们几个人都这么多天没吃饭了，哪个不是虚弱得随时会倒下？为什么只有他，还有这么多力气？"

"因为你们都是废物！"阿武嘶吼。

这当然不是答案。

阿七脸色一怔，很明显他了解了李德昌那句话背后的含义。

得吃东西，才有力气，难道……

李德昌已经撑不住了，力气完全不够用，他被阿武推到悬崖边，半边身体已经悬空了。

就在此时，阿七突然猛地上前，一把将阿武推落！

阿武用不可置信的目光看向阿七，笔直摔落，掉在海边的巨石上，血雾四溅。他的骨头好像碎了，软绵绵地滑下去，最终落进海水，再也找不见。

李德昌喘着粗气，像条狗一样往里爬，身体颤抖着，劫后余生的喜悦遍布全身，尔后他仰面朝天躺下，再也没力气动弹了。

阿七站在悬崖边上，呆愣了好一会儿，忽然啜泣起来，然后放声大哭。

海市蜃楼

哭声在岛上回荡，渐渐被海浪声淹没了。

这晚，李德昌终于觉得自己能睡个好觉了。

他的头一挨上枕头，睡意便迅速涌来，无法抵抗。他做了一个梦。

梦里，小陈、队长和阿武都活过来了，他们围绕着自己不停打转，明明没有人张嘴，但是他们的声音从四面八方袭来，重重叠在一起，分不清究竟是谁在说话。

"是你杀了我！"

"怪物，有怪物……"

"快来陪我们一起死！"

"我当初就不该上这个岛！"

"我说过了，我不是怪物！"

三人的身体融合在一起，成了一个大肉球，猛地朝李德昌滚来，砸在他的头上。

李德昌只觉得头顶剧痛。

是来自现实的疼痛！李德昌瞬间清醒过来，睁开眼。

黑暗中，阿七举着一块石头，向他砸来！

4

李德昌闪身滚到床下。阿七的石头落下，重重砸在床板上，几乎要将木床敲碎了。

"阿七，你……"李德昌的眼前一阵模糊，他摸上去，发现满手都是鲜血，看来刚才他已经被石头砸过一下了。意识到这件事后，头顶的疼痛更加强烈。

阿七大吼着，再次举起石头。

"原来你才是怪物！"李德昌喊道，拔腿就跑。他没有想到，嫌疑最小的阿七，竟然才是真正的凶手。

"我不是！"阿七举着石头追逐。

"那你为什么要杀我？"李德昌觉得阿七已经疯了。

"我不管你是不是怪物！反正只要你死了，岛上就一定没有怪物了！"阿七撕心裂肺地喊着。

李德昌想跑出房间，但是身子却摇摇晃晃，一阵天旋地转过后，平地摔倒了，应该是脑袋受的伤影响到了他整个身体的功能。

阿七举着石头越来越近，李德昌拼尽全力继续爬，推开了门。

外面，灯塔上还亮着灯。自从那天阿七将它打开后，就没有熄灭过。

暖黄色的灯光此时照耀在阿七脸上，将他扭曲的表情每一处都照亮了，投下诡异的倒影。

阿七的嘴巴一张一合，似乎在说话，但声音逐渐变了，变得低沉而混沌，所有音节糅杂在一起，钻进李德昌的耳朵。

一个字都听不清。

那些话更像是某种咒语，在岛上扩散。

阿七的身形也变了。他的上半身开始拔高，蛇一样扭动着向上延伸，很快就超出宿舍的高度。他手上拿的石

海市蜃楼

头和手臂融为一体。下半身长出第三条腿，然后是第四条……最终变成了十五条。那些腿像是没有骨头一样弯曲晃动着，他不再行走，而是十五条腿并用向前挪，一开一合。

阿七张开嘴。他的嘴比李德昌的头还大，牙齿尖锐，向外突出，都是红色的，直往下滴着血。

"你果然是怪物！"李德昌的双眼透出绝望。

怪物挪到李德昌跟前，高举双手。那双手扩大了好几倍，遮天蔽日，眼看就要落下。

李德昌屏住呼吸。他不能束手就擒，不管怎么样都是个死，那就得和这怪物拼了！

他脚下发力，不躲反冲，和怪物撞在一起！

李德昌抱住怪物的一条腿，然后挥拳，重复击打它的肚子，一下又一下。

他的手已经痛到失去知觉，但是他还在猛击。

说来也奇怪，怪物被李德昌抱住后，竟然像是被束缚囚禁住了，一动不动，任由他发泄。

几分钟后，李德昌停止了。他松开手，那怪物像是变成了一张纸，垮了下去，轰然倒地。

"打死了吗？"李德昌不知道。

他无法感受周边的一切，心里也没有任何情绪涌出，全身上下已经没有一丝力气，只有无止境的疼痛。

但是他还在坚持，死死盯着那怪物，就怕怪物重新站起，所有腿将他缠绕住，一口吞掉他。

李德昌也不清楚自己站了多久，怪物仍然没有动静，也许是真死了。

他悬着的心，总算有了着落。

眼前一黑，他终于栽倒在地，昏死过去。

5

再次醒来时，李德昌躺在医院的病床上。窗外阳光照射进来，暖意十足，是个大晴天。

他的脑袋和身体上都缠着绷带，左手挂点滴，心电检测仪在耳边发出规律的声响。

总算是活下来了。

真就是福大命大，有往来船只看到了灯塔的诡异灯光，于是登岛看看情况，便撞见了奄奄一息的李德昌。

他几乎是饿昏的，来到医院后急救了好一会儿，不停灌葡萄糖，才算救下来。

只是李德昌说不了话了，成了哑巴。医生来看过，说他的声道没有问题，是神经出错了，看到了什么东西，受到刺激而留下的后遗症。

所有人都问他，岛上究竟发生了什么。给他拿来纸笔，让他写下来，李德昌却只是摇头。

写什么？怪物将上面的人都杀了？没人会相信。

他的心中也有很多问题，但比起获取答案，他更希望把所有回忆遗忘，让那些可怕的过去埋葬在海底，永不见

海市蜃楼

天日。

　　在医生的建议下，他留院观察几个月。在医院他什么也不做，或者说什么也做不了，只是看着窗外发呆。院里的护士医生都知道他的来历，对他抱有同情。

　　偶尔，李德昌能听到其他人议论自己的声音。

　　或许是因为不再说话，他觉得世界安静了，风吹草动在他的耳中都清晰可闻，即便别人压低了声音，小心翼翼地，他也能听见。

　　比如现在，走廊上有两个刚毕业的小护士站在一起，正对他指指点点。

　　"对，那人就是唯一在岛上活下来的人。"

　　"就是他啊？到底那上面发生了什么？"

　　"不知道，他也不肯说，就成了谜了。可能几十年后，还会被写进书里呢，《世界未解之谜》之类的。"

　　"我听说哦，那个岛蛮有名的，说是上面有怪物！"

　　"听你这么一说我想起来了，我之前听别人说，岛上其他几个人的尸体都是千疮百孔的，身上全是咬伤，或许真的是怪物吃人！"

　　"不过，还有另一种说法。"

　　"快说说。"

　　"岛上什么也没有，只有那些去守塔的人。要是遭遇不测，他们断了补给，就只能在孤零零的岛上自生自灭，连吃的都不够，所以啊……"

　　"咦——快别说了，太恶心了！"

小护士的声音越来越远,李德昌几乎听不见了。他只是仍旧看着窗外,一动不动。

6

"故事讲完了,"守陵人说,"都讲完了。"

你们的前方,已经没有墓碑了。

你看向手中的铁盒,又抬头看向守陵人:"你之前说有七个故事,但你现在只讲了六个。"

如果每一个墓碑都对应一个故事,那么很显然,还剩下一个。

你转身望向来时的方向,起点处,那个无字墓碑仍旧矗立在那里。

你指向它:"那是谁的碑?"

不知为何,守陵人陷入了沉默。

"这些故事是按照从古至今的时间顺序讲的。"你分析道,"无字墓碑在最开始的地点,也就是说,它背后的故事,应当是最遥远的。"

好一会儿,守陵人才开口回应了你的分析:"是,却也不是。"

这次换你不说话了,你在等待他之后的话语。

守陵人果然继续说道:"那座碑,可以放在任何地方。"

"为什么?"

"你不好奇，为什么碑上没有任何文字吗？"守陵人反问。

你点头，但你有预感，你很快就会知道答案。

守陵人嘶哑着嗓音说："因为那是座空坟。"

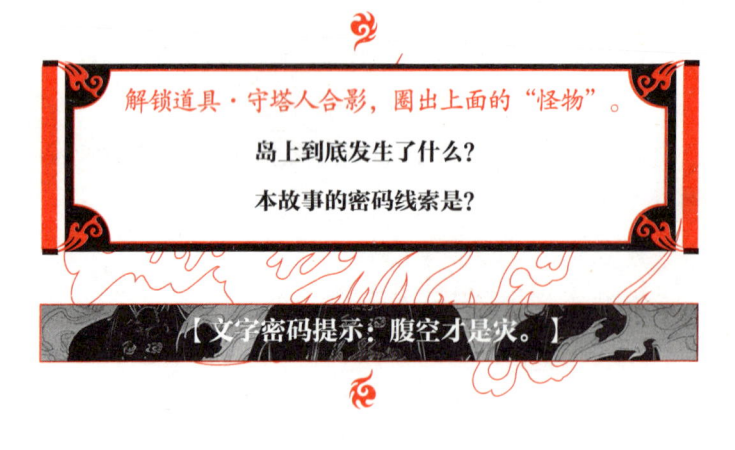

解锁道具·守塔人合影，圈出上面的"怪物"。

岛上到底发生了什么？

本故事的密码线索是？

【文字密码提示：腹空才是灾。】

执笔写魂

万事万物，皆有因果。

执笔写魂

1

我是一名执笔人。

我七岁时，爹娘遭遇了匪徒，双双身亡。我侥幸逃脱，在官道边，被一辆前往皇城的马车发现。马车上下来一官员，见我可怜，带我入宫。那官员就是我的师父。

师父教诲："执笔者，当记载历史，不可作假。"

就像朝堂上有史官，他们整理编撰史书史料，写皇上的言行、政绩，记录当朝民间大事，留存后世。

执笔人则不同，我们记录的历史，通常不可言说，只有高官君王可以查阅。就算有时候漏了出去，让百姓看到，他们也难辨真假，最后只会成为市井传说，大部分会被遗忘，极少数至今仍被津津乐道。

执笔人这个职业其实已经存在很久了，只是怕引起民间动荡，所以始终没有公之于世，而是像影子一样穿梭在历史缝隙之间。

我们专记怪力乱神。

师父教我，做执笔人的第一件事，便是开眼。

人生来便有三只眼，能看妖魔鬼怪，只是被世间浊事污染后，第三只眼会逐渐合上。

要想重新看见神怪，便要重新开这第三只眼。还好，七岁的我，眼睛还没完全闭上。师父要我每日先是用双眼看朝阳，而后在黑暗中闭眼，想象自己的额头间还有一只眼睛正睁开着，向四周看去。

最后，师父用柳叶水清洗我的脸，每日早晚各一次。三个月后，我便顺利开了眼。

之后，我随时能看见朝堂大殿里躲在房梁上的冤魂，或是哪位王爷身边随身服侍的狐妖。师父命令我噤口不言，自己知晓便好，除非这些妖物做出扰乱朝纲，或是害人性命之举，否则都应当正常人一般对待。

师父交给我一本书，封面上写着"文行忠信"四个大字。师父说，因为"子不语怪力乱神"，便需要用这四个字代替，实际上里面所写内容，正是执笔人所见的怪异事件。

此书被称为《执记》，我们只可旁观，不可参与。

师父道："万事万物，皆有因果，邪祟和人类均有命

执笔写魂

数。我们有术法能力，却也绝不可私自施展。"

"即便看那妖要杀人，我们也不管吗？"我不理解。

"妖要杀人，个中缘由，你可知晓？"师父反问道。

我摇头。

"你不知，为何认为你需要去管？那妖杀的，可能是十恶不赦的贼子，或是此人本就有此命数。"

"那执笔人的存在，究竟有何意义？"我问道。

"记下一切，留存于世，其中正确错误，交给后世评判。"

开眼之后，是学术法。我学的第一个秘术，便是写字。

"写字，师父您已经教过我，为何还要学？"我问。

师父便让我书写试试。

我蘸了墨水，将书翻到中间，提笔就写。可是墨水落在纸页上，竟然像是雨珠落在叶子上，直接就滑落了，那纸上仍旧是一片空白。

师父道："这纸并非凡纸，任何凡物无法沾染。可你若用法力，即便手中无笔，也能染上痕迹。执笔人，手中无笔，笔在心中。"

我似懂非懂地点头。练了三个月后，我才第一次能够在纸上写字，不过仍需借助真正的笔与墨。换作师父，他只需将手放在上面，他心中所想便会自然而然地浮现。

学会了写字，下一课，是护体。

虽说不可直接参与到异端怪事之中，我们仍需保证自身安全。我并不知道这些法术有多强大，既然无法用在妖魔身上，倒也无所谓，只求自保。

因为执笔人一脉单传，每个执笔人此生只能收一个徒弟，所以除了我和师父，身边再没其他人通晓此类事情。大部分人见了我们都显得恭敬，但是我心里知晓，他们并不是真的敬重，而是害怕。

许多谗佞之徒在皇上面前散布谣言，说我们自带阴邪之气，会坏了宫里头的风水，所谓的妖怪之说，恐怕也是我们虚构出来的。皇上就算不信，心中也有起疑。怀疑的种子一旦种下，就无论如何无法根除了。

据说，第一个执笔人乃前朝皇帝亲信，皇帝对其有恩，所以他立下誓言，要护皇家周全。但是过了这么多年，早已物是人非，当朝皇帝不信任我们，也有其道理。

我十五岁那年，师父实在受够了朝廷的钩心斗角，辞去官职，带我行走江湖。之后的日子，我们便四处飘摇，找寻诡谲异事，帮忙处理记录，像极了浮萍，随风飘摇，寻不到根。

我逐渐有些厌倦了，可师父说，就算哪天不愿意同妖祟继续打交道，也会有怪事找上门来，避之不得。

我没有办法，只能继续做下去。

不过师父也说，通常执笔人都不会长寿，所以无须担心，等命数到了，自然一切就都结束了。

这话倒也灵验，没多久，师父就染了恶疾，撒手人

195

寰。他走之前，将所有物件法术传授与我，让我去寻一弟子。

师父道："执笔人皆是六亲缘浅之人，难以成家、生儿育女。你要去找同样命犯天煞星之人，收其为徒，继承衣钵。"

说白了，就是我需要去找一个孤儿，把他当成自己的孩子养，就像当年师父救下我那样。

现在想来，如果我遵从了师父的教诲，恐怕也不会有之后的事端了。可我当时不懂，年轻气盛，做事全凭感觉，况且活了这么大，第一次没有师父管教我，便觉得自己可以随性而活。

我坏了执笔人的规矩，我爱上了一名女子，她叫牧之。

说来也巧，我们也是在官道上认识的。那时我看到一顶红色轿子迎面走来，两边的下人敲锣打鼓，想着这应该是哪家的女儿出嫁，便识相地绕开了，免得冲了对方的喜气。

只是我的第三只眼却发现，轿子上有黑气透出来，是为死相。

这就意味着要么轿子里的人阳寿将尽，要么里面本就是个死人。

身为执笔人，见到这种事，我多少得去问一嘴，探探情况。所以等轿子走过了，我拉住最后一个跟轿的下人，问他道:"新娘子是要嫁到何处?"

仆人回道:"裴家。"

我有些惊诧:"是那个死了公子的裴家?他们家还有其他儿子吗?"

仆人道:"没了。这新娘子嫁过去,是给那死去公子陪葬的。"

我顿时明白了这黑气由来,女子嫁过去,拜了天地,便会和尸体一同下葬。裴家是大家族,这样结亲后,姑娘的娘家能拿好些金银宝珠。类似事情虽不常见,倒也不少见。

既然如此,便与我无关了,我自然打算离开。

也许是听到了我们的谈话,新娘子掀开侧面的轿帘,向后看来。她的头上盖着红布,被风一吹,露出底下的脸。

我从没见过这样好看的人。我不知道该如何形容她,只是瞥到一眼,便再也无法忘却了。尤其是那双眼睛,纯净得如同一汪泉水。

我立刻明白,自己动了心。

盖头很快重新遮住她的脸庞,她见没什么大事,又缩回轿内。

轿子离我越来越远,我突然感到悲伤,心口抽痛,因为在我看来,这条路,分明就是黄泉路。

这姑娘知道自己的命运吗?知道她已经被卖给一个死人了吗?那样一双眼睛,怎么可以从此被泥土埋葬,永远

执笔写魂

合上？

我想将她救下来，即便我绝不应该这么做。况且就算是强行改了她的命，是祸是福，没人知道。

但我还是掐起咒术。

顿时，本来晴朗的天狂风大作，雾气遍地，沙尘乱作一团，模糊了视线。锣鼓声停下，轿子旁的人都被吹得东倒西歪，很快放下了轿子。

我趁机走进雾中，将牧之偷偷牵出来，带到一旁的空地，告诉了她裴家之事，却没想到她早已知晓。她的双眼红了，只是低头说着："父母之言，不可违背。"

"那你还愿意嫁过去吗？"我问道。

她拼命摇头。

我义无反顾地将她带走了，从此将她带在身边。

不久后，我在一处乡下地方便宜拿下一座鬼宅。屋主人怕鬼，半夜老听见动静，着急搬走。但我看了，不是什么恶鬼，只是个小妖怪。

有了住的地方，我便把牧之娶进门。一年后，我们生下一个女儿，取名为阿奴。

我本以为这样的日子，能持续到我寿终正寝，可师父的话还是应验了。

那一天，我回到家，就闻到一股浓烈的血腥味，于是着急忙慌跑进屋子。

我看到了牧之和阿奴的尸体，她们的身体被撕开，满是窟窿，已经不成人的模样，鲜血染红了房间。

那一刻，我的心也跟着死去了。

我在门口跪了三天三夜，看着那片鲜红，看到后来似乎要瞎了一样，就算闭上眼睛，看到的也都是大片红色。我不知该做什么，又该去往何处。

我的脑海中不断盘旋着那句话："执笔人不得成家，不可生儿育女。"

我坏了规矩，遭惩罚了。

2

我后来打探到，做这件事的，是裴家的保家神——一条千年白蛇。

白仙是裴家专门供奉的，保家族兴旺、子孙平安。裴家最近流年不利，所以献上自家子孙，牧之本是要一起供奉的，却被我抢走了。

当时本是白仙渡劫的日子，因为缺少牧之，白仙渡劫失败，元气大损，因而记恨在心。在知晓了我们一家的位置后，趁我不在，便破门而入，啖食了母女的肉体与精气。

我宁愿惩罚落在我的头上，让我形神俱灭，也不希望牧之和阿奴受到任何伤害。可是一切都已经太迟了。

了解到真相那晚，我独自一人去了裴家。

我是穿着白衣服进去的，出来时，衣服已经变成暗红色，几乎黑了，上面满是黏稠的液体。我的手上还拎着一

执笔写魂

条硕大而残破的蛇尾，只是这样也无法救回牧之和阿奴的性命。

按照规矩，我应当将这件事情详细记载在执笔人的书上，可是我盯着书页许久，也没有想出该如何描写。

执笔人本不该出现在这书中的，绝不可因一己私欲，制造纷争。更何况这一次，我制造的是一场灭门惨案。

说实话，我其实是抱着必死的心思去的。我从没对其他人动手过，并不知道自己的能力深浅，没想到，执笔人的术法甚至超过千年白仙。

于是我动了心思：既然执笔人有此等实力，我能不能学一奇门法术？

我要复活牧之和阿奴。

当机立断，我将妻女的尸体好生保存，埋在一棵百年柳树下。柳树有魂，可减缓她们身躯的腐烂。然后我带上所有器具，踏上旅途，寻找能让人起死回生之法。

这一路上，我不再遵从所谓的规矩，毕竟连杀戒都破了，还有何在乎的？

我的胸中满是戾气，一路上见了妖，不管善恶好坏，都是灭了再说，有时遇到恶徒贼人，也一并除了。我并非真心除妖，单纯发泄罢了，但是世人不知，只以为我是抱有善心。不久就有流言传出来，说有一个大能法师，降妖除魔，造福百姓。

当然，这些事情，我一概没有写入《执记》。也许从某一刻起，我就不再将自己当作执笔人看待了。

如此寻了数年，走遍大江南北，拜了各派名师，我却仍旧没有寻到我想要的法术。所有能人异士听到我的需求，皆是摇头道："逝者已矣，起死回生，乃违背天道，绝不可取。普天之下，没人知道此等逆天改命的技艺。"

　　我终于放弃了。

　　回到家中，我将家中物件都卖了，执笔人的所有法器，包括那本《执记》，都被我典当了换钱，只是用来买酒喝。

　　从此我开始不知日夜的生活，每天坐在那棵柳树之下，醒了便喝酒，喝醉了便睡，睡醒了就去找更多的酒喝。

　　酒喝得很快，我清醒的次数越来越多，也就代表我的痛楚日益增长。偶尔清醒的时候，我发现自己的衣服更破烂了，头发长到脚踝，胡子几乎要把上半身盖住。我想着用术法来清理一下，一抬手，发现自己连如何起势都忘得差不多了。

　　那天，我才苏醒，一只魑魅找到了我。它说我曾除了它的同伴，是来寻仇的。

　　我自然不记得它了。一只小妖，山中精气所化，不过几百年的修为，大概是我前几年各处游历时随意杀了，根本不记得。

　　即便我此时半梦半醒，手中并无法器，它也不是我的对手。它冲上来，我随手一挥，它便倒飞出去，撞在墙上。我又掐起法诀，直接将它的精魄扯出体外，呼吸之间，就让它神魂湮灭了。

魑魅的躯体摔倒在地，一本书从它的怀中掉出。我凝神一看，那不是《执记》吗？

这书在各处辗转，不知为何落到了这小妖手上，最后竟然又回到了我的手中。我想到师父说过法器有灵，也许正是此意。只要我还是执笔人，这本书便一定纠缠不休，不论我将它扔多远，它都会自己找回来。

看着这本书，我心中忽然升起强烈的愧疚感，不仅是愧对师父、牧之和阿奴，也愧对我自己。若我牢记师父的教诲，严格遵从执笔人的规矩，眼下的一切都不会发生。

算来算去，都是我的过错。

我下了决心，从此一定按照执笔人的轨迹行走，不再节外生枝。

我翻看着《执记》，打算先将魑魅一事记录下来，可是手指触碰到纸面，我又犹豫了。倒不是在想是否要记载，而是思考如何写下来。

魑魅是我杀的，可我又不想自己被记载入书中。

我忽地记起，身后的屋子里还有一只小鬼。虽然我将家中物品都变卖了，但那鬼是家煞。家煞附着在房屋之中，让此地成为凶煞之地。家煞只能在屋子范围内行动，所以那小鬼一定还躲在里面。

鬼使神差，我在《执记》上写："魑魅冲撞家煞，被其生吞活剥，死于其利爪。"

我只当此事过去了，将剩下的酒全部倒在牧之和阿奴的墓地边上，打算第二天便动身，像师父曾经带我那样，去各处寻找诡事。

次日，我正要离开时，却惊觉那魑魅的躯体变了模样。

我本是驱逐其魂魄，所以它的身上应该没有任何外伤才对，可此时它全身遍布血痕，仔细看去，像是利爪所致。

我将家煞唤来询问。

家煞回道："不错，昨日这魑魅突然从山上下来，找我挑起事端，我自不可能束手就擒，便将其诛杀。"

它看起来对自己说的话坚信不疑，这反倒让我陷入迷惘。难道是我太醉，记混了昨日发生之事？又或者说，是我写在《执记》上的事，成了真？

我几乎是抱着白日做梦的心思，在书上写下："柳树枯萎。"

没多久，门前那棵柳树便真的枯了，树叶变黄，纷纷落地，只剩下干秃树杈。

我又写："柳树茂盛。"

于是绿叶重新长出，随风飘荡。

我写村里遭蝗灾，写庙中有妖僧，写狐精祸乱朝纲，写怪力乱神……竟然一一应验。

我终于明白，为何执笔人只能记载，不可作假，因为写在书上的字，会成为现实。

化虚为实，这才是执笔人最强大的术法。

执笔写魂

我的手指再次落在纸面上，不断颤抖，因为我意识到，我拼尽全力寻找的起死回生之法，或许就在我自己的手上。

我终于在纸上写下："牧之与阿奴死而复生，不知何故。"

接下来，我就站在柳树下等待。我的心悬起来，我喘不过气，度过的每一刻钟，都如同一生般漫长。

等到半夜三更，土地松动了，一只手破土而出。

月光下，那片皮肤白得瘆人。

然后是另外一只更小的手。

我先是一愣，随即趴到地上，疯狂翻动泥土，双手都破了，鲜血直流，我也没有任何感受。

牧之和阿奴的脸终于露了出来，她们都睁着眼睛，我轻声呼唤她们的名字，却没有得到回应。

就在我不知所措时，牧之站起来了，阿奴紧随其后，她们拨开身上的淤泥，踏上地面。

她们活过来了！

我止不住地哭泣，喜悦冲昏了头，我紧紧抱住两人，不愿意松开。

但是很奇怪，她们两人没有任何动作，也没有声音，身体都格外冰冷，而且僵硬。我察觉到不对，重新看向她们，只见两人的双眼都没有任何神采，目光越过我的肩膀，不知看向何处。

我轻轻呼唤她们的名字，仍旧没有得到任何反应。

她们真的死而复生了吗？

我把手放在牧之的脸上。那张脸和我记忆中的一模一样，没有衰老，没有腐化，精致得如同天上仙子的脸。

"你能说句话吗，牧之？"我问道。

听到我的声音，牧之真的有了表情，却不是喜悦。她的脸部猛然皱作一团，嘴巴大张，眼中露出无限惊恐。她仿佛在遭受极大的痛苦！

"你怎么了，牧之？"我慌张地靠近，却无所适从。

我看向阿奴，她也同她的母亲一样，表情扭曲。两人像是在嘶吼，可发不出一丝声音。

我在惊恐中倒退，摔倒在地。

就在此时，我看见身边的《执记》居然自动翻开。我明明没有碰它，它却自己翻到了一页空白处。

血红的字迹突兀地浮现："逆天改命者，当罚！"

3

《执记》还在继续写，文字犀利，如利剑般刺透我。

在我的眼中，这本书仿佛成了一个人，他有着千岁的年纪，须发灰白如尘土，眼神空洞，尽是黑色。他拿出一支笔，指向我的额心。他是《执记》的创造者——史上第一名执笔人。

他说，执笔人存在的意义，是传承，而非破坏，我们入了世，便要遭受责难，更何况是像我这样违抗天道自然之人。

　　对我的惩罚，是无止境的痛苦，只是这痛苦并非肉体上的，而是精神上的。

　　眼前的牧之和阿奴，只是我的幻觉罢了，真实的她们仍旧埋在土中，恐怕早已腐烂，被蛆虫啃食，面目全非。她们是真真切切地死了，无法复活，我所看见的，只是我自己心中的执念。

　　而且在我的幻觉中，她们无时无刻不在经历死前的那一刻，永远被开膛之痛所折磨，永世不得安宁，这便是她们面容扭曲的原因。

　　只要我的心中对她们的念想不消失，她们就会永远存在。更可怕的是，我也会永远存在。

　　惩罚的第二部分，是让我永生不死。我必须见证她们的痛苦，和她们一样变成这副人不人鬼不鬼的模样，我必须永生永世见证并历经这份切肤之痛，直到我放下这份念想，或是……疯掉。

　　我大喊大叫，即便我知道这根本没有用处。我捡起《执记》，想将它从中间撕开，可是耗尽全力，也不能动它分毫，薄如蝉翼的纸张竟然如铁器般坚硬无比。

　　我终究是放弃了，躺倒在牧之的脚边，就这样躺了三天，期间没有合眼。

　　三天后，我总算站起身来。我重新掘开了杨柳下的泥土，将牧之和阿奴安放进去，然后我自己也跳了进去。

　　我的想法是，既然无法死去，就在阴暗的地底下，永远陪伴我的妻女，这本是我应当付出的代价。可是躺进去后，我又后悔了。我该在里面做什么？泥土终究会掩盖我的脸庞，堵住我的嘴巴和鼻子，让我无法呼吸，可就算那样我也无法死去，只会更加痛苦。

我憎恨自己的懦弱，却又无可奈何，终究是爬出了坟墓。

我对牧之和阿奴说："等我几年吧，到时候，我再下来陪你们。"

我铸造了一座无字墓碑，我想，等我下去之前，再写上我们三人的名字，在那之前，不如就让墓碑上空着吧。

我重新在尘世间游走，我彻底放弃了执笔人的身份，像一具没有魂魄的躯壳，没有目标，随处游荡。

几年后，我意外在山谷救下一只不过百年的杏树精，它的皮肤都是树皮，脑袋顶长出花儿来。我遇见它时，它刚好要坠落山崖。因为修行年岁还不够，悬崖又高，跌下去虽说死不了，也会失去大部分修为。

我随手救下了它。它对我感恩戴德，眼泪流得太多，连皮肤都干枯了不少。

那一刻，我突然觉得有股暖意从胸中迸发，无关树精，而是关于我，和我继续活着的意义。

于是我到各地寻找被诡异之事困扰的人或妖，施以援手，我不再是旁观者，我真正成了参与者。既然规矩已破了，倒不如破他个痛快。

执笔写魂

时间久了，我过去的记忆逐渐消失，我也没有强硬逼迫自己去记得，因为只要我愿意，随时都能回想起。

我在长安遇见过一个叫陈昭的人，他是曾经的首席棋待诏，只是不知为何，有一天销声匿迹了。我觉得好奇，上门查看，只发现一个白发老人，跪坐在一张残破的方桌前，桌上摆着棋盘。

我一眼便看出，棋盘有古怪，显然是被人施了咒法，凡是妄图破解之人，永远也无法从其中抽身，那本就是个无解的棋局。

见老人可怜，我在棋盘上一指。那里是术法的核心，一旦破了，棋局也会随之消散。

老人的眼里突然亮起来，随即黯淡下去。他看向我，满是疑惑："这局棋，是谁破的？"

我说："是你。"

陈昭早已精疲力尽，我这两字说完，他心头最后的一丝精气也留不住了，直接向后摔倒。我探他的鼻息，发现他已经是一具尸体。

人死前会回观自己的一生。我不知道，那一瞬间，他究竟看到了什么。

后来的记忆有些模糊了，我不知为何成了通缉犯，和十几个山野强盗待在一起。他们想要学易容术，我便用法术换了他们的脸。

我们在一间寺庙中生活了不少日子，每日无所事事。领头的那人每日出去，说是做些抢劫勾当，但是不伤人性命，也不抢太多，只补贴饭钱而已。

一天夜里，突然寺庙里的和尚尽数到来，为首的便是住持。我还没睡醒，便和其他人一起被绑起来，塞进一个木棺材。

我觉得有些奇怪，为何其他强盗没有反抗，这才发现他们的胃中紊乱，大概是被下了药，无力反抗。

隔着木板，隐约中，我听到他们交流，似乎住持并不想惹事，但是那群和尚疾恶如仇。

当然，杀死我们，还有另一个原因——僧人希望我们远离鬼庙。

他们怕我们发现一个秘密，整个寺庙为住持保守的秘密。

原来住持曾经也是通缉犯，杀人无数，为了逃避追杀，他将所有受害者的尸体都塞在了一起——那座鬼像之中。

我这才了解这几天若有若无的臭味究竟是何处散发的，那金身之内，竟是森森白骨。

不过后来住持在某一日改邪归正了，便在普救寺当起和尚，一当便是几十年。寺里众僧都知晓他的故事，但是他们都是住持一手带大的，也都了解住持是真心向善，所以都护着他。他们散播鬼庙的说法，正是借此让所有人远离，以永远埋葬这件事实。

住持似乎没有原谅自己的恶行，想报官自首，却拗不过其他僧人。

执笔写魂

我不知道自己被搬到了什么地方。身边的人都陷入巨大的恐惧中，他们躺在黑暗里，手脚动弹不得，只能默默等死。我立刻想到了当初躺在牧之和阿奴身边的感觉，确实绝望。

我掐起咒诀，让他们自然死去了，免得遭受这些灾苦。

没想到，棺材没多久就被掘出来了。我见那知府要查案，便留下线索，兀自离去了，算是给了那十几个强盗一点交代。

至于那知府能否寻得真凶，我便不操心了。

后来我听说住持死在一场大火中，心里便明白，或许这是他给自己的解脱。

有段时间我拿到一柄剑，借着它四处降妖除魔。大概因为穿着符合当时儒生的样子，来往的人见了，都喊我"书生"。

世界的进化比我想象中的快，日新月异。那些西方人发明出一些有意思的玩意儿来了，不久后都传到了我的手上。那些日子，我颇沉迷于玩耍，身上总是带着新鲜古怪的发明。

我记得路过一个村庄，有个小孩儿见了我的留声机，高兴得不得了，不断问我，外面的世界究竟是什么样子。

我本可以直接告诉他，但是又止住了。几千年来，我游历各处，这大千世界哪是三言两语能讲明白的，我只好笑了笑，让他自己去看。

我曾经在电视上见过一个孩子，不过十七八岁的年纪，他的能力也让我颇感兴趣。人们称他"神童"，说他有法力。

可这世间灵气逐渐稀薄，修炼日益困难，连过去的仙家现在都很难成妖了，我很难想象，他如此年纪如何能有法力？我自然觉得是假的，但还是找过去瞧了瞧。

事实果然如此，他只是个普通孩子而已，被大人硬逼着做些表演。他每日都郁郁寡欢，脸上已经罩了一层阴郁，若持续这般下去，怕是命不久矣。既然他的父母想要他有法力，我不如赐他一些，于是偷偷在那孩子身上画了阵，让他能使用点小法术，像是阅读人心、控制事物之类的。

他好像使用了能力，操控了一个大师的死，操控了自己父母的言行举止，也悄悄控制了一个记者，让她报道了自己想要世人知晓的真相。他最后也许终于自由了，完成了复仇。至于那些举动是对是错，不该交由我评判。

每隔一段时日，我都会厌倦城镇和人群，选择去远处躲一躲，通常是那些古老的山中，或是无人的森林。这一次，我来到一座岛上，在里面的树林里定居。

岛上有座灯塔，时不时岸上会来人守着，但他们不知道，这一次会遭遇风暴，断了补给。在挨了几天饿后，他们都到达了身体极限，开始自相残杀。等我发现他们时，只剩下最后一个人了。

执笔写魂

那人几乎疯了，双眼无神。

我看着那些尸体，犹如看到了牧之和阿奴，再看着剩下的那人，便如同看到过去的我自己。

所以我清除了那人的神识，让幻觉代替他的真实记忆，他以为有怪物来啃食他的同伴，而自己是唯一活下来的。

我不知道这样做究竟是残忍，还是仁慈。

又不知道过了多久，我终于腻了。世界上似乎没有任何值得我眷恋之物，也没有我愿思念之地，我哪儿也不想去了。

我回到曾经的房屋所在之地，这里早已是沧海桑田，只有那棵柳树还在，那块无字墓碑也还在。我应该在很久以前就施了法，保护这里一方平安吧，即便我知道，这个行为毫无作用。

墓碑下埋葬着牧之和阿奴，也埋葬着我的幻觉，已经腐烂了千年。可即便过了这么久，我仍旧没有足够的勇气下去陪伴她们。

我在附近立起更多的墓碑，每个墓碑下，都是我曾经的一段经历，是我的回忆。也许有一天，我见证的生死足够多了，我才能真正放下生死。到那时，我才能重新见到牧之。

就这样，我成了一个守陵人。

我在守我的执念。

解锁道具·《执记》。

本文里的执笔人（守陵人）是谁？

本故事的密码线索是？

【文字密码提示：放不下，逃不脱。】

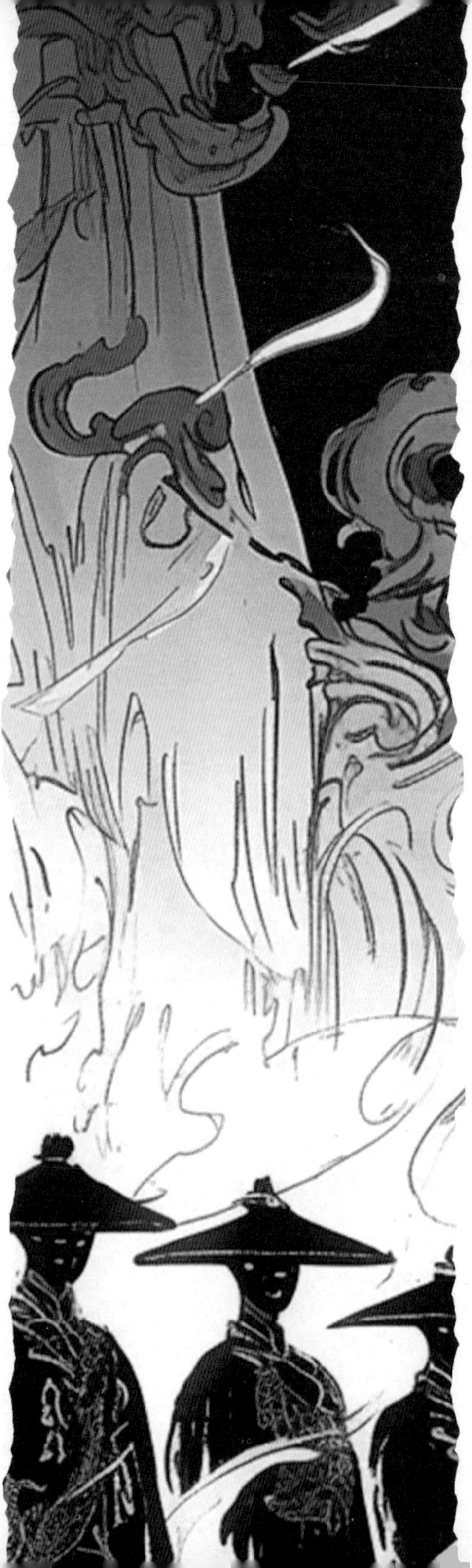

守陵人

守陵人

1

　　你看向眼前的守陵人，似乎终于了解了，那憔悴枯瘦的身体背后，究竟藏着怎样一个故事。

　　守陵人抚摸着那块无字墓碑，像是在轻抚妻子的脸庞。好一会儿，他才回过神来，转向你："当然，这些都只是故事罢了。所谓故事，便有真有假，甚至是杜撰虚构的，你没必要理会。"

　　你想说话，想安慰，却一个字也说不出口，索性闭紧了嘴。

　　守陵人又指向你手中的盒子："现在你知道答案了吗？"

你仔细回想每一个故事,你意识到,七个谜题的答案显而易见。

____、____、____、____、____、____、____。

你将所有旋钮转到位置,铁盒应声而开,盒里装着一面铜镜和一本册子。

册子是空白的,没有封面,里面也没有任何内容,只是前一半似乎被撕掉了。你不解,顺手拿起那面镜子。

铜镜显然有些年头了,镜面泛黄,装饰被磨平。你恍惚中意识到,这是你今天醒来后第一次看到自己的脸。

你究竟长什么样子?

镜子里反射出一张疲惫而瘦骨嶙峋的脸庞,和守陵人的脸一模一样。

你张大了嘴,那张脸也一起张嘴;你眨眼,他也眨眼。

你颤抖着放下镜子,抬头直勾勾地盯着守陵人。他也在看你。

"我到底是谁?"你问道,声音沉闷。你甚至难以分辨,这句话到底有没有说出口。

守陵人说:"你就是我。"

没有任何外力作用,那本册子猛然翻动起来,像有狂风刮过,然后归于平静。

册子上多了两个字:执记。

你好像想起来了,更多的记忆涌进你的脑海,但是它们太破碎了,难以拼凑。

守陵人

"你是我的一缕残魂,也是被我撕下来的前半本《执记》。"守陵人说,"你的身上蕴含了我的过去。"

你头痛欲裂:"我不懂。"

守陵人说:"我活了太久,记忆会逐渐模糊,可我又不愿意忘却,所以每隔百年,我都会将我的魂魄拿出一丝,其中便蕴含着这百年来所有的记忆,配上《执记》的记载,就能制作出一个新的肉身,也就成了你。一页《执记》可抵百年,真不知我已经撕了多少页了。"

"可是我明明什么都不记得。"

"你什么都记得,只是这具肉身的承受到了极限,下意识地保护自己,强行把所有记忆压下。只需要我像现在这样点出,便会一起爆发出来。"

可你还是不理解:"我为什么会出现在之前那个房间里?刚才的一切……"

你又回忆起醒来时房间里的种种,那些奇怪的幻觉,或者记忆?你真的分不清了。

"是我让你在外面游历,而我自己则留在墓前赎罪。"守陵人说。

这一刻,你忽然间都想起来了。

记忆中,守陵人将魂魄从脑中抽出,蓝色的魂灵慢慢成形,成了另一个他,也就成了你。他撕下一页书,掐诀念咒,那纸张飞入你的双眼,你便有了意识。

你带着他的身份在世间游走,只为了将所见所闻带给他,让他不需要离开酆山陵园,也能见证日月变迁。

你只是个工具罢了,像是他的第三只眼睛。

你认识了许多许多人,参与了他们的人生,也见证了他们的死亡。他们的身影在你的头脑中挥之不去,你逐渐忘却自己的经历,开始质疑自己存在的意义。他们也就是你今天醒来后,在房间里看到的拥挤人群。

昨天,你终于到了崩溃的边缘,你随便找了个房间,躺倒在床。

之后,你什么也不记得了。

2

守陵人的手指在你的眉心一点,而后向外抽出,一股蓝色的气息被带出,大概是你过去的记忆和魂魄。一起出来的,还有一页纸,上面密密麻麻写满了字迹。

纸张回到《执记》中,而气息来到了守陵人面前。

"你的思绪已经被我清空了。"守陵人说。

就在那气息要隐没入他的眉心时,你突然抬手抓住了它。

守陵人的脸色阴沉了一些:"你要做什么?"

"很不对。"三个字从你的牙缝中蹦出来。

"哪里不对?"

"你为何要让一丝魂魄代替你出去游历?既然规矩破了,便破得彻底。你若想陪伴牧之和阿奴,就直接下去陪葬了,又何必死守着这块碑?"

守陵人

　　守陵人手上用力，试图让魂魄加速进入自己的体内。

　　但你已经明白了："恐怕你才是那一缕残魂吧！"

　　没错，你都想起来了。

　　你大概在墓前守了数十年，厌倦了。可你又不敢真正下去陪葬，于是你挪出一丝残魂，让他变成你的模样，代替你守陵。

　　他成了守陵人。

　　时间过去太久，你的记忆开始模糊。

　　你知道，正是那一缕残魂的失去，让你的法力不再完整。要想重获法力，你需要将守陵人吞噬，所以你来找他。

　　"没想到，你竟然想反吞了我！我将谜题的答案藏在这几个故事里，是为了提醒我自己。而你只讲了这七个故事，因为作为残魂，你只记得这七个！"你说道，"你将铁盒给我，是因为你自己也不知道密码。而你需要这本《执记》，只有它在，执笔人才能用出全部的法力。"

　　守陵人的表情变了，变得狰狞，犹如厉鬼，他大叫着，想直接将你吞噬。

　　你一把将魂魄带回自己的胸口，双手合十念咒。

　　守陵人面露痛苦，开始求饶，你却充耳不闻。他的身形随着你的咒术扭曲，变小，最后回到你的指尖。

　　陵园重归安宁，守陵人的雨衣掉落在地。

　　你将其捡起穿上，走到了无字碑的旁边，缓缓坐下。

　　你累了，你发现即便收复了残魂，你的法力还是大不如前了，恐怕一时半会儿，你无法再剥离自己的魂魄了。你打算继续休息一段时间，就在这陵园里，看日升月落、天地变化。

你再次成了守陵人。

尾声

你不知道自己在这陵园中待了多久，时间的流逝好像失去了意义，你似乎成了陵园的一部分，和自然融为一体。

直到一个人出现。

他一身黑色，站立在你的身前，低头俯视你。你觉得有种奇怪的威压感散开，压在你的身上，让你动弹不得。

你看不清他的脸，却觉得他很熟悉。

"你是谁？"你问。

那人抬眼环视四周，而后又低头看向你："守陵人吗？你真的认为，这片陵墓，是你需要守护的吗？"

你迷惑不解。

那人继续说："你现在看到的世界，是真正的世界吗？"

"你究竟在说什么？"你问道。

那人转身："跟我来。"

他大踏步离去。

一股强烈的情绪从你的心底涌起，说不清道不明。但

守 陵 人

你知道，你得跟上去。

你起身，朝他走去……

全文完

本系列下一部故事——《守村人》，敬请期待！

扫码回复【守陵人】

可获取谜题参考答案。

图书在版编目（CIP）数据

守陵人 ／ 钟榆著. -- 北京 : 新世界出版社,
2025. 1. -- ISBN 978-7-5104-8007-2
Ⅰ . I247.5
中国国家版本馆 CIP 数据核字第 2024L1U974 号

守陵人

作　　者：钟榆
选题策划：漫娱图书　巴旖
责任编辑：董晶晶
执行策划：巴旖
校　　对：宣慧　张杰楠
装帧设计：徐昱冉
责任印制：王宝根
出　　版：新世界出版社
网　　址：http://www.nwp.com.cn
社　　址：北京西城区百万庄大街 24 号（100037）
发 行 部：(010)6899 5968（电话）　(010)6899 0635（电话）
总 编 室：(010)6899 5424（电话）　(010)6832 6579（传真）
版 权 部：+8610 6899 6306（电话）　nwpcd@sina.com（电邮）
印　　刷：深圳市精彩印联合印务有限公司
经　　销：新华书店
开　　本：889mm×1230mm 1/32　　尺　寸：145mm×210mm
字　　数：153 千字　　　　　　　　印　张：7
版　　次：2025 年 1 月第 1 版　2025 年 1 月第 1 次印刷
书　　号：ISBN 978-7-5104-8007-2
定　　价：46.80 元

版权所有，侵权必究
凡购本社图书，如有缺页、倒页、脱页等印装错误，可随时退换。
客服电话：(010)6899 8638